生活的花色

42件在地生長的
美感物事

Blooming
in
Life

沈奕妤、印花樂 著

推薦文

圈起世代，也繽紛了台灣的溫柔光譜

陳頤華／《秋刀魚》總編輯

「請幫我在大稻埕購買『印花樂』的提袋好嗎？」

因為工作的關係，我常要送日本朋友伴手禮，也常透過日本情報來挖掘外國人眼中的台灣品牌。某一年，我開始收到許多代購訊息，這成了我認識印花樂的起頭。

以前我們總是說：芬蘭有設計品牌「Marimekko」，日本有來自京都的「SOU・SOU」，台灣卻永遠是紅白塑膠袋。而隨著設計顯學的推波助瀾，那些曾讓我們不太忍直視的台灣元素，像是血脈裡的DNA，逐漸長成「台灣圖騰」。

二〇〇八年的印花樂，真切地開啟這趟色彩旅程，重新用台灣人張開眼就可以看見的窗花、餐桌上的米飯、走遠一點到山林間遇見的台灣特有種，幻化為「我們的輪廓」，讓印在布料上的圖像時髦了起來。

所謂「台味」，或許就是用日常累積出的美感，定義對下一代述說的在地模樣。當「台灣的印花樂」成為日本客人口中的重要禮品時，即使是最習以為常的老磁磚花色，也能是外國人眼中的經典珍寶。後來的印花樂，甚至也以紅白塑膠袋外型設計出背心袋，成了環保袋的代表作之一。昔日忽略的常民用品，才是屬於我們生活的一部分，紅白袋很好，如果可以永續不浪費，更好。

與印花樂創意總監奕妤（Ama）的緣分，是我們分別在不同時間到日本福井市的小鎮東鄉「微住」（採取「旅行以上、定居未滿」的形式造訪一地，由《LIP》雜誌編輯長田中佑典提出，創造地方交流的新可能）。當我得知她將以印花樂設計替日本的地方車站換上新裝時，宛如台灣小鎮重金禮聘國際設計師前來展示作品般的光景，讓我再次替這項成就感到驕傲。沒有文字、沒有具體影像的圖案，反而成為跨越文化的共同語彙，眼前所看見的印花，都將各自解讀成自己喜歡的故事。我想，從這座車站出發的旅人，必將帶著印花樂的祝福，心滿意足地前往目的地。

乘載著印花樂十五年的品牌積累，這本書不只是本美學養成的靈感書，更像是挖掘自我生命美景的重要暖心之作。每篇文章後都會放上一幅手感十足的花樣作品，呼應著文字間的景色，也「具象」了人生中無數個「抽象」的時刻。

讀到Ama從小念美術班、用電影累積知識、以島嶼的山海景色，形塑成了如今的自己；以及書中篇章〈如果有部台灣藝術家影集〉，提及陳澄波、席德進，因前人之路才踏出的台灣文化，都讓我想起賈伯斯（Steve Jobs）時代的「蘋果」（Apple Inc.）品牌廣告，匯聚了如瘋子般的天才，成為推動人類向前發展的重要動力。

在設計萌芽的年代裡，因美麗之島的多元價值，一群具有美感意識的工作者投入創作，滋養了創意的土壤。他們討論族群、性別、所有愛與被愛的理由，像是露水般，灌溉了生命的圖騰，長成此刻的模樣；而這些讓人愉悅的線條，也圈起我們這般深受美學感動的同行者，繼續往下個世代延伸彩色光譜。

Ama在書中說到：「如果有來生，我真希望自己是個舞者。」我倒想說：「如果有來生，我希望我是一塊能讓人感到幸福快樂的印花啊。」

推薦文

過生活的超能力

劉冠吟／前華山品牌長

在做《小日子》雜誌之前，我就已用顧客的身分愛上印花樂這個品牌，跟奕妤認識倒是這七、八年的事。我們一起參加了由手工皮鞋品牌「林果良品」老闆Gary及信儒舉辦的讀書會，與會的同學都是創業者，每個月聚會一次，成員約莫十五人，奉讀書為名行聚會之實，通常以宵夜或是喝一杯作為活動精髓。

我參加讀書會的興致很薄弱，但與創業家們定期相聚倒很不錯，奕妤是吸引我參加的一大誘因。她是一個很有趣的人，「有趣」這個字有很多種定義，她的有趣是橫跨光譜的，可文藝可綜藝，就算只是閒聊，也可感受到她說出口的東西經過細緻思考。

想法很多的人有時好為人師，有時令人感覺滔滔不絕，奕好完全不會，她是那種可以長時間聽她講話，而絲毫不覺厭煩的人。而讀這本書，就彷彿端一杯茶與她在暖陽的下午閒聊，心中會不時浮現：「啊，我怎麼沒想過。」她觀察的事物很家常，但她的想法別有洞天。

本書是一個從小有許多天馬行空想法的孩子，她一路的學思歷程，到創業之後的見聞。她說起高中美術班老師鼓勵同學勇敢去旅行，於是「還不到考機車駕照的年紀，我們常常手拿一本地圖、火車時刻表就出發……在高中三年裡，我與同學幾乎踏遍台灣各地。」

那一篇的結尾，還搭配了一幅印花樂的作品，由設計師林匯芳繪製，說的是：「雖然有些人的旅途不見得會首尾相連，但仍有他自己的終點。所有的旅途點線面套疊，最終形成了我們的人生地圖。」我看見一件件人情物事，凝鍊成清澈的文字，再化成動人的畫作，成就這本我愛不釋手的書。

印花樂的另兩位創辦人邱瓊玉（企鵝）、蔡玟卉（小花）與我也相熟，她們三位長年號稱自己是大稻埕的女子團體「S.H.E」，是我輩青創的楷模，並且真的與S.H.E一樣，各有特色，但相知相惜互補，感情長長久久。

這三位女子還有一個神奇的共同點，就是「生活專業戶」，都把生活過得有滋有味。如同書中說的：「人生就是不斷為牆面上色、刷白、再上色的過程，消失的色彩就歸檔納入記憶的色票裡，而我永遠都能為自己刷一面象徵新生活的托斯卡尼黃牆。」這樣讓日子不斷浮現花色的，不正是過生活的超能力嗎？

文化創意工作者如奕妤及印花樂，厲害的地方就是將尋常人生抽取出哲學的醍醐，再化成藝術。《生活的花色》是我近年看過最動人的生活書寫之一，推薦給每位熱愛生活的你。

推薦文

尋常，也能有意思！

游智維／風尚旅行總經理

蘋果電腦的創辦人賈伯斯曾說，他若非旁聽過關於字體設計的課程，就無法創辦蘋果以設計與美學見長的麥金塔電腦。這個時代儘管在虛擬世界與人工智慧裡奔馳著，但所有的新科技、新事物等，還是得回到人類對於生活追求的美好，於是，藝術與文化便成為不可或缺的日常養分。

Ama從藝術背景出發，將多彩繽紛的圖騰作為乘載台灣一切美好事物的載具，與高中同學創辦了令人愛不釋手的印花樂品牌。這一次則將她的美學觀察、生活所感，甚至工作之道一一書寫下來。原來旅遊異國、爬山露營，甚至只是坐公車通勤，注目著一如往昔的熟悉街道，都能觸發感官，讓看似平常的際遇，變得很有意思！

我又想起，每次到訪印花樂店裡，總是遇見許多來自不同國家的旅客，開心地將這些記錄福爾摩沙島嶼的故事一一帶回家，成為連結彼此情感的橋梁。或許有人認為紀念品不過是某種形式主義，但這就如同我熱愛並從事的旅行一樣，體驗與物件都是創造感動當下的延續，讀到Ama寫美術館的禮品店、循著光找到傳統的紙燈籠、淘到一條改變個人風格的絲巾等，更加堅定了我的想法。我們總在其中有所收穫、備受鼓勵，而繼續朝著自己堅持的方向大步走去。

期待這本書的問世，能讓更多朋友認識印花樂與Ama，成為彼此生命裡的精彩。

謹以此書，

獻給我的兩位創業好友瓊玉、小花，

還有印花樂創立第一天以來的所有夥伴。

這是我們一起創造的第十五年。

前言

最需要人類感性的時代

ＡＩ的時代來臨了，反而很多人開始討論：人類的價值是什麼？每篇文章、每場分析，最後所下的結論，幾乎都是「人類的價值在於創意、創造力、抽象思考能力」云云，也就是人類的「感性」能力。

我們真的看重自己的感性能力嗎？

每一個人天生都擁有感性，例如聞到香氣，會覺得愉悅；看到美麗的風景，會覺得舒暢。這些看似自然而然的感受，經過適當的啟發與培養，其實可以轉換成創造力與品味的提升。

我是一個生活設計品牌的創辦人，品牌的存在目的，就是要激發顧客內心對生活產生熱愛、快樂與美的感覺。我們自己本身需要保持高度敏銳的感性能力，捕捉細微的美好感受，再疊加創意，轉譯成人們能理解、想親近的事物。

平常我們都透過商品與人們溝通，但隨著ＡＩ的普及，如今已是個圖像都能自動生成的時代。如果只是需要一張圖，下個指令就能獲得。但這張圖是否能引發人們更深刻的啟發、更細微的情感、更豐富的想像等，其實需要創作者從源頭就注入更多創意思考。

我開始想，或許我們捕捉靈感、設計、創造的過程，在這個時代，更能夠凸顯意義。

會讓我感覺美好的生活小事，都是哪些事情、哪些時刻呢？
什麼是屬於我們台灣人的美好呢？
我曾用心感受過這些事物嗎？
我們為什麼在那些事物上看見美？
我們如何把感受轉譯成創意語言？

這些想法啟發我開始動筆寫下對生活的感覺，那就是印花樂電子報「花語週報」的開端——每週為你獻上一束芬芳。我以印花樂創意總監的身分，每週寫下一則對生活的感覺、新發現的靈感、正在思考的問題等，分享給訂閱者。

文字固然能夠深度挖掘、傳遞想法，卻不若圖像能帶給人們更直覺的感受，因此，我們也在週報中獻上一幅由設計師自由發想、創作的圖畫。

每週固定都要動筆書寫，促使我必須更加專注於挖掘題材，更關注自己對生活的感受性。剛開始連載的時候，我很擔心有一天會沒有靈感、寫不出東西來。沒想到進行了一年多，從未發生過這種事。

我發現，那是因為對生活的感受力提升了以後，靈感的來源也跟著多了起來。

季節變換的街景、在書上讀到的句子、路上無意間聽到的一段對話、過往旅行中帶回的紀念品、陌生人給予的善意……身邊習以為常的事物，都能持續為我帶來靈感。

大家一定常常聽到創意工作者的一種說法：「創意來自生活。」誤以為創意人的生活過得有多麼不同，但其實關鍵是對生活的感受力，讓我們即使在最平凡的日子裡，仍能發掘出有意思的觀點。

這本書是以我在「花語週報」的專欄文章為基礎，保留「傳達對生活的豐富感受」核心精神，重新精選文章改寫而成，並搭配一幅印花樂設計師們創作的圖像與設計理念。

整本書雖然脫胎自生活大小事，但實以「挖掘內在感性、培養美感創意的方法」為主題，建立章節脈絡：

一開始，我先談個人的美學教育、美感養成過程。

再談對文化工作者來說極重要的，關於自身文化價值與在地認同的探索歷程。

接著，我從藝術作品、生活物品的選擇中，分享啟發靈感、提升美感品味的方法。

人的感受無法脫離自然而存在。我們追尋美感體驗的過程，終究要面對人類與自然關係的反思。

最後則是回到極其平凡的日常，與大家分享如何在生活中看見美。

希望大家看了這本書以後，不只是了解我「作為美學工作者」的觀點，也能藉由這些方法，啟動自己的感性能力，提出自己的觀點。

畢竟，在ＡＩ趨勢開始鬆動人類自我價值認知的這個時間點，我認為感性與創意，才蘊含著最終能幫助我們確認自身存在意義的答案。

CONTENTS

PART 1

美學工作者養成之路

PART 2

台灣是什麼樣子？

PART 3

旅行在地方

PART 4

有時拍手，有時跳舞

PART 5

品味從小物開始

PART 6

美在自然裡

PART

7

尋常生活的不尋常之美

PART 1

美學工作者養成之路

我很喜歡畫牆壁。
一面白牆對我有著非凡的吸引力，
可以容納腦中的各種想像。

畫畫與童年

我從小就是個愛畫畫的孩子。據媽媽的說法，從我會拿筆開始，就經常不吵不鬧的，一個人坐在旁邊一直畫，一直畫。

若回想最早的一幅作品，可能是還在上幼稚園的時候吧。我畫了一個小丑，身上穿著彩色的格子衣，站在一顆球上面。

我把那幅畫拿給媽媽看，她很高興地稱讚我，並把那幅畫貼在我的房門上。那時幼小純真的我覺得，畫畫是全世界最棒、最開心的事情。

小學有段時間，我放學後就會到外婆上班的工廠裡待著，那是一間由外婆親戚經營的小小模具工廠，充滿各種工作機台，以及忙碌來去的大人。現在想起來，那其實是個一點都不適合照顧孩子的空間，但我總能自得其樂，蹲在眾多機器和零件旁邊畫畫。

我很喜歡看外婆操作機器的樣子，她只要用腳踩踏板，機器就會沉重地發出一聲「蹦」，然後一個小小的輪胎就會從機器裡頭掉出來。

有一天，我拿我的畫給外婆看，畫中的她伸出長長的腳踩在踏板上，旁邊是一台會掉出輪子的大機器。

外婆拿著那幅畫到處給人看，所有的大人都圍過來讚嘆，直到現在，她還經常帶著笑容地提起這件事。

在我升上國中以前，因為家裡的工作因素，得經常跟著大人搬家，或住到親戚家，也必須經常轉學。

每到一個新環境，一開始或許有點不安，但我發現，只要我開始畫畫，就會收穫善意。尤其是到新班級的時候，只要上完一堂美術課，原本還顯得陌生的同學，個個都會圍到旁邊來，把我的畫傳過一輪，然後歡迎我加入他們的圈圈。我幾乎會在下一學期擔任起學藝股長，獲得中午不用強制午休的特權，為班上製作教室布置。

有一次，學務主任通知我，學校把我的畫送去參加比賽，獲得全市第二名，要去動物園領獎。

我其實不記得是誰帶著我去領獎，只剩一個奇幻的畫面鮮明深刻地印在腦海中：我一手拿著冰淇淋，另一手從一隻藍色金剛鸚鵡的嘴巴裡領到了我的獎狀。

後來怎麼想，都覺得這種事不可能發生，但我實在太喜歡這個記憶了，決定不去求證或修正它，就讓我當作一段收藏在寶盒裡的記憶來珍惜——「曾經有一隻金剛鸚鵡頒獎給我」。

畫畫對童年的我而言，好像成為一種神奇的存在。在我感到孤獨、不安的時刻，只要拿起畫筆，好像不只是眼前的那張白紙，而是連同身邊的人事物，都會染上可愛愉悅的色彩。

我甚至會想像自己是一位神仙教母，想要什麼樣的生活，就動動畫筆，自己把它變出來。

長大以後了解到，世界上的許多人會遇到很多苦澀不如意之事，這時，我想起我的畫筆是有力量的，我或許可以為他們的生活渲染一些比較美妙的色彩，讓人們從中獲得鼓舞與力量。

這個想法讓我從一個愛畫畫的孩子，變成一個設計品牌的創辦人。我相信能為我帶來快樂的，也能為更多人帶來快樂。

設計師・蔣瑋珊

捏泥巴

未經窯燒的陶土有很大的可塑性，透過手指間的力量，就可以創造出立體的物品。將想像力一點一點揉進陶土裡的同時，也揉開了日常生活中很多複雜的思緒。

成長的過程中，我們往往都以為自己已經被定型了，但或許我們與陶土一樣柔軟，可能性比自己內心所想的還要遼闊。

美術班

在嘉義高中念美術班的時光，是開啟我藝術感知最重要的一段歲月。

其實到嘉中念美術班的過程有點曲折。我念台南的南新國中美術班，升高中時一心想考嘉義高中美術班，當時學測成績還算不錯，嘉中放榜前竟先被台南女中錄取了！不過那時內心幾乎沒有掙扎，我非常篤定就是想走藝術這條路，於是率性地放棄台南女中的報到資格——幸好，後來也成功考上了嘉義高中。

事後回想起來，我覺得自己比很多人幸運的地方，一個是從小就知道自己的興趣與熱情，另一個就是從不阻止我自己做決定的父母。因為這兩個幸運，讓我得以按照自己的想法成長。

而在嘉義高中遇到作風自由開放的師長，則是我第三個幸運。

在升學主義底下，多半蒼白慘淡的高中生活裡，美術班的師長們仍然想辦法在體制內的教育中，讓我們盡可能看見藝術世界的廣大多元，並學習如何豐富我們的生活與思想。

「今天來看卓別林（Charles Chaplin）的電影吧！」美術課不只有畫畫，或說藝術的形式本就不限於繪畫。這樣的道理，我是在高中體會的。

「今天看的是卓別林的《城市之光》（*City Lights*）。卓別林的電影，經常用喜劇手法凸顯階級的對比與荒謬，也透過『電影』這種大眾藝術形式，讓更多人對社會現象產生思考……」

過了這麼多年，我依然記得老師第一次讓我們看卓別林電影時所說的話。雖然關於電影的意涵，我得再過幾年才更能體會，但學習的過程就是如此，每個知識片段都是零散的珍珠，直到有一天，自己想通了一個脈絡，便能把它們串成獨一無二的珠鍊。珍珠蒐集得多了，珠鍊才更有價值。

「這是紐約的古根漢美術館，我在那邊想了很久，到底該由上往下，還是由下往上拍。」教我們素描的老師熱愛攝影也愛旅遊，上課時經常和我們這群連相機都沒拿過的小鬼頭分享她到世界各地拍的相片。那可是智慧型手機尚未發明，連數位相機都還很罕見的年代，老師會把攝影底片都沖成幻燈片，我們拉起窗簾，圍在昏暗的教室裡，伴隨著幻燈機「喀噠、喀噠」的聲音，一張一張跟著老師去遊歷。

「你們該自己計劃去旅行！」老師經常鼓勵我們，我們也真的上路了。當時網路還不甚發達，十幾歲的少年也還不到考機車駕照的年紀，我們常常手拿一本地圖、火車時刻表就出發。至今仍想不透是怎麼辦到的，但在高中三年裡，我與同學幾乎踏遍台灣各地。

也許對多數人而言，回想高中生活，記得的多半不是課堂裡學的事，但我確實是在那小小的、昏暗的美術教室裡，看到藝術與這世界的寬廣多元。

時至今日，我偶爾也會進到校園為學生講課。其實站上講台，我就知道一堂課能教給孩子們的東西真的很少，但若能為他們種下一顆對知識或世界好奇的種子，離開課堂後，他們所關心的事物自會在心中發芽。

這是我在高中美術班歲月裡，學到最寶貴的東西。

設計師 · 林匯芳

旅途
點線面

如果從網路地圖來看旅行路線，會看到一圈又一圈不規則的環。我們從某一點出發，在許多節點停留，但多半時候我們會繞一大圈，直至最初的那一點。

雖然有些人的旅途不見得會首尾相連，但仍有他自己的終點。所有的旅途點線面套疊，最終形成了我們的人生地圖。

手作的快樂

在我的童年書櫃裡，有一本直到現在我都還深深記得的書，叫《自己動手做》。它是美國出版的一套兒童叢書其中之一，書中每個篇章都介紹一種可以自己在家動手做的事情：自己做冰棒、自己做蠟燭、自己做香皂⋯⋯

我算是相當愛惜書的小孩，唯有這本書被我弄得破破爛爛的，因為我總帶著它到處去，只要坐下來就會想要翻一翻。

其實裡面大多數的東西，我都不大可能真的動手做，但光是閱讀文字和圖片，想像自己跟著書中步驟創作的過程，仍讓我雀躍不已。

後來念了美術班、美術系，我變成一個有很多機會手作的人。「手作」甚至成為自己後來的創業契機⋯⋯

為什麼我這麼喜歡手作呢？我曾經認真思考這個問題，後來得出一個結論：人類天生就應該要喜歡這麼棒的一雙手！

人類的身軀相較其他動物顯得十分孱弱，如今竟然能成為地球上的優勢物種，除了聰明的大腦，功不可沒的就是我們細長好用的手臂與靈巧的手指。人類的雙手不但可以製作工具，還可以透過書寫、繪畫等方式來累積知識、傳承經驗，如果加上群策群力，眾人雙手合作就能一起完成不可思議的宏大事物。

儘管在今日便利的社會裡，有許多產品或服務已經不需要透過人們親自動手就能獲得，但身為手作人，我的心目中仍永遠為事物保留一個「自己動手做」的選項。

身上的服裝配件、家裡的織品裝飾、陽台上的盆器……除了這些為嗜好而做的創作，我也熱衷於研究如何修復壞掉的小家電、如何醃漬季節性的小菜、露營時如何搭設造型完美的天幕帳。學開車時，當教練打開引擎蓋講解車子的「五油三水」，我甚至饒富興味地認真研究引擎構造，幻想要是在曠野遇到車子拋錨，能自己動手修理。（不過後來真的遇到拋錨時，當然還是請了修車場來處理……）

用雙手努力做著某種東西的時候，我的心情會變得平靜、專注，只要時間夠長，甚至會進入「心流」的狀態——全神貫注於某件事，達到渾然忘我的境界。如果對最後的成品滿意，則會產生難以取代的成就感，而就算結果不若想像中美好，過程本身也已是收穫。

在這一切都太快速、焦躁的年代，手作反而代表一種能讓人確實掌握、緩慢但觸得到的幸福。

自己動手做雖然不見得能把事情做得更好，然而對我來說，背後更重要的意義是「了解事物的原理」。

一個東西是怎麼變成現在看到的樣子？

除了這樣還有其他可能嗎？

如果換成另一種做法會怎麼樣呢？

抱持好奇心研究事物的知識與本質，接著產生自己的構思與想像，再透過雙手去摸索、嘗試。

其實，手作的過程，同時也是「創意思考」的過程。對事物的現狀不斷挑戰、提問，透過回溯事物的本質，找到新的觀點、思維、解方。許多遠大的思考，往往從自己動手做開始。

設計師 · 林匯芳

剪紙好像是一舉多得的事

色紙是最常見的手作素材之一。隨手拿起一張，將其對折、對折再對折，剪一刀半圓，打開來會有四個在紙上挖空的圓，同時有四個獨立的圓。將這張紙再剪成圓形，會變成鈕扣，剪下來的四個圓經過拼貼，變成一串糰子……

剪紙好像是一舉多得的事？不論是被剪下的紙，或是再打開的色紙，它都能是一幅畫面，還能再與其他色紙拼貼，紙上的世界立刻豐富起來。

彩色的牆

我小時候算是個很乖的孩子，唯獨有件事總惹來大人的痛斥——我很喜歡畫牆壁。一面白牆對我有著非凡的吸引力，可以容納腦中的各種想像。可惜一旦塗鴉被發現，就會立刻又被漆回原本的樣子（附帶一次面壁思過）。

看了電影《托斯卡尼豔陽下》（*Under the Tuscan Sun*），很喜歡其中一幕，黛安・蓮恩（Diane Lane）飾演的女主角自己動手改造老宅，為牆壁漆上彷彿吸飽南義陽光的鵝黃色，十足代表了托斯卡尼，以及主角「刷新生活」的決心，能量飽滿的黃色牆壁也為她帶來在異地安身立命的溫暖。

有顏色、有彩繪的牆，也許在我心目中就是代表自主生活的實現吧！於是長大以後，到了每個屬於自己的新地方，我都會先從改變牆面色彩開始，宣告一段新人生、新希望，即將在此展開。

二〇一一年，印花樂在迪化街租下第一間店。一如迪化街上經典的翻新老屋，這間小店有著挑高的空間、古雅的紅磚地，以及懷舊的深色木門。第一次開店、第一次裝潢自己的空間、第一次親手實踐夢想……一切都嶄新而興奮，但那時我們選擇在店裡漆上一面淺灰色的牆——乾淨、簡約，稍能平抑我們初出茅廬的躁動。店鋪當時有一半空間也權充我們的辦公室，與販售商品的前場隔著一個購自IKEA的木格櫃。對著電腦工作到內心毛躁發慌時，望一眼那道溫柔得彷彿芋頭牛奶的灰牆，內心總會受到撫慰。

隨著團隊與空間需求變大，另外租了獨立辦公室。在這間新辦公室裡，我們幾乎不留白牆，室內舉目所及填滿色彩。那段時間也正好迎來我們成長最快的時期，印象中沒有一刻停下、喘息。隨著公司持續擴張，空間很快就不敷使用，如同牆面已容不下更多色彩。我們只得再度遷徙。

再來，我們搬到一個大得多的地方，終於可以在空間裡做出不同的功能區塊。於是我們有了灰粉紅色的接待區、充滿活力的黃綠色辦公區，但也不忘留下幾面保有彈性的白牆。想起之前我們一切都用衝刺的速度前進，跌跌撞撞，來不及喊疼就要站起來繼續往前跑，或許那時內心也開始告訴自己，不要急著填滿，珍惜這點留白吧……

在這間辦公室待了好幾年，無論公司和生活都漸漸穩定；也是在那之際，我開始有點餘裕打理自己的家。

我家的採光不是特別好，但反正回到家後需要的是安頓身心，用不著太明亮有活力，因此，我為客廳漆上柔和的麥芽色，飯廳則有一面帶來異國情調的深紅牆面，也刻意留了幾面白牆，等著和一些藝術家朋友一起來作畫。舒適、溫暖、閒散、自由，這樣的家正好能接住總在外橫衝直撞的我。

細細回想過往每一面彩色的牆，好像銘記那些日子的色票一樣，一種顏色就是一段成長故事。

新冠疫情肆虐的那三年，我們收了許多店鋪空間，一道道曾經很喜歡的彩色牆面只剩追憶。我曾為此感到惋惜，但後來我領悟到，人生就是不斷為牆面上色、刷白、再上色的過程，消失的色彩就歸檔納入記憶的色票裡，而我永遠都能為自己刷一面象徵新生活的托斯卡尼黃牆。

設計師 · 林匯芳

牆縫野草日記

大家有留意過從牆縫中竄出的迷人綠角色嗎？

在紅磚砌牆或磁磚的縫隙中，那些看起來連土都沒有的地方，卻生長出秀氣的小白花，或是充滿朝氣的野草，不經意吸引著路人的目光。

看不出來是誰將這些種子帶來這面牆，但這些努力生長的小花小草，默默記錄著環境變化與時光遞嬗的痕跡。這些植物是世界的微小觀察家，在隙縫中用生命寫日記。

PART 2

台灣是什麼樣子？

一直以來有各種文化在這裡混合、撞擊，「多元」或許是台灣設計目前唯一的形容詞，我們還沒有被定義。

與芬蘭設計師對談

大約是二〇一四或二〇一五年，得知芬蘭政府一項推廣芬蘭新創品牌、設計師的計畫，要在亞洲選定幾個城市展覽，當時甚至邀請了芬蘭的品牌創作者一起同行，與當地市場進行交流。

那時，印花樂已經成立了一段時間，也以「印花設計」為主要風格漸漸在台灣市場打開知名度。於是接到一個很特別的邀約，與芬蘭印花品牌「Kauniste」的創辦人Milla進行一場座談會，聊聊芬蘭與台灣兩個地方的印花設計。

雖然芬蘭是個遙遠的國家，但我對於芬蘭設計並不陌生，這個人口約五百多萬的小國，毫無疑問是個設計大國。舉世聞名的玻璃設計品牌「Iittala」、家具設計大師阿爾瓦·阿爾托（Alvar Aalto）等都來自芬蘭，更別說全世界最知名的印花設計品牌「Marimekko」，簡直就是所有印花設計品牌的成就標竿。

所以要和一位來自芬蘭的新銳設計師討論設計，我是非常興奮的。創辦人Milla和我年齡相仿，言談間帶有北歐人的嚴謹自制，但說起設計，她的眼神立刻充滿熱情。

「在芬蘭，我們受到自然環境與家族傳承的影響很大，我的很多設計靈感都從這裡而來。」她給我們看了芬蘭冬天雪地的森林、祖母留下來的古董瓷器和織品……

「那台灣呢？你的靈感從何而來呢？」

「坦白說，台灣還不是一個有深厚文化傳承的地方，」我望向台下群眾的眼神，看見大家也正在動腦筋思考，是什麼形塑了台灣設計，似乎並沒有一個直接的答案——而這就是答案。「相較於芬蘭，台灣是一個年輕的國家，一直以來有各種文化在這裡混合、撞擊，『多元』或許是台灣設計目前唯一的形容詞，我們還沒有被定義。」

「那聽起來很不賴，你們還可以定義你們自己的樣子。以芬蘭而言，傳承和大師實在太多了，年輕設計師要超越真的很難。」Milla笑著說道。她真誠開放的態度，稍稍化解了身為台灣設計師，卻一直無法找到屬於自己的文化樣貌的苦澀心情。

芬蘭的文化底蘊，也影響了芬蘭人過生活的方式。他們的設計之所以能揚名國際，是因為「芬蘭設計」在他們的生活裡扎了根。無論是阿爾瓦・阿爾托以湖泊為造型靈感的高級花器，乃至廚房裡一塊有美麗印花的洗碗布，一般人都能在他們的生活裡找到真實使用著的設計品。

「那塊洗碗布太漂亮了，是我就會捨不得用！」台下一位女孩指著簡報裡Kauniste出品的一塊洗碗布說：「如果上面沾到油漬變得很醜，我覺得我會哭。」眾人聞言都笑了，但Milla歪著頭不解地問：「為什麼哭呢？洗碗很無聊，要看著可愛的設計心情才會好，不是嗎？」

這位芬蘭設計師的一句話，也映照出台芬兩地大不同的設計價值觀：台灣人認為設計是珍貴的、獨特的，但芬蘭人認為設計是日常的、實用的。也許這就是讓設計在生活中落實，並代代相傳成為生活文化一部分的關鍵吧！

「雖然羨慕芬蘭設計的普及性，但我很感謝你看台灣設計的觀點。我們這一代的設計師有很多空間可以自己詮釋台灣設計的樣貌！而我們最重要的任務，是讓設計可以真正走入台灣人的生活。」最後我如此對Milla說，這也是我為那場座談所下的結論。

過了這麼多年，再回想起這段對話，我很高興自己仍在「讓設計走入生活」這條道路上堅持著，台灣的生活設計場景確實也在眾多品牌的努力下愈來愈普及。

真希望未來有機會再遇到Milla，我能與她分享台灣設計在這些年的變化。至少我相信現在樂意用漂亮洗碗布來改變自己家務心情的人，應該是愈來愈多了。

設計師 · 林匯芳

話的去向

說不出口的話到底去哪裡了呢？

人們常說「愛在心裡口難開」，「心裡」到底是長什麼樣的地方呢？是怎樣存放著大家說不出口話呢？

是要搭奇幻的列車才能抵達，還是有一種專門為人傳話的候鳥，定期將人們沒說出口的話，帶到無人知曉的島上？島上是否開滿了花朵，長滿了各種新奇的植物與可愛的動物呢？

想到這裡，無法用言語表達的愛，或許已經變成種子，在開花的路上。

多元台味

如果要用一個字詞來總括台灣的文化特色，我認為是「多元」。只是我一直還沒找到一個很適切的論述或生活場景來說明，何謂台灣的多元樣貌，以及台式多元的文化價值。

直到某一次和家人聚餐，當餐點陸續上桌後，我看到那一桌顯然拼湊各國料理，但又如此讓我習以為常的餐桌，好像找到了「多元台味」的最佳範例。相信在台灣的大家應該有很類似的用餐經驗——餐桌上不見得有什麼喊得出名號的「正統」台菜，但一定有幾道被「台味化」的異國料理。

那天，我們去的是位在東北角金山的「Amajia阿嬤家咖啡漁村料理」，心想既然來到漁村，就該點些海鮮，於是出現在餐桌上的是一盤泰式風味酸辣涼拌中卷、一尾日式烤鯖魚、一盆地中海風格鮮蝦沙拉，以及台味十足的薑爆小卷與蛤蜊薑絲湯。

有位長輩說想吃飯，便點了幾碗鄉下農家風味的豬油拌飯作為主食，但同桌也有人點了義式番茄橄欖蒜烤麵包。當然少不了幾盤家常青菜，於是炒山蘇和滷肉筍絲陸續上菜。乍看八竿子打不著關係的各方菜系，統統端上桌竟也絲毫不覺違和，迅速被掃進我們一家老小的典型台灣胃裡。

某次在家請客，為了餐桌熱鬧，準備了台灣人最愛的「火烤兩吃」，但火鍋是泰式冬蔭功（Tom Yum Goong）湯底，烤肉則是韓式泡菜烤肉，並以台灣啤酒作為佐餐良伴。

有時點個便當，可能會在日式照燒雞腿和印度香料咖哩間猶豫；出門買個宵夜，可能同時帶回土耳其沙威瑪、越式牛肉湯，再加一份鹹水雞……

台灣人對這種文化大雜燴很習以為常，但細想自己走訪過的其他地方，從未見過這種現象。世上有哪個國家的餐桌，可以同時接納這麼多異國風味呢？不知是我們的味蕾特別海納百川，還是身為島國子民的DNA使然，有時我看著宛如小型聯合國飲食文化展演的餐桌，都會不禁莞爾。

我很慶幸在這個時代，愈來愈多人已能視自己土地的「多元」是特色而非缺憾，雖然無法和其他單一文化傳承的地方比較厚度與識別度，但反過來說，我們沒什麼包袱，所以台灣人向來樂意實驗各種拼裝融合的創意，也因此誕生如今的飲食文化。

「婆娑之洋，美麗之島」，史學家連橫在《台灣通史》序中的最末句，情感滿溢地描繪台灣的地理定位。而我認為這同時也是文化定位，古往今來的各種生活方式匯流成灘，形成多元價值皆能安身立命的沃土。

台灣也許因為地理或歷史因素使然，「開放多元」是我們的文化底蘊，但同時也格外需要「包容」，這也是飲食往往成為異國文化率先突圍的原因。很多人可能無法想像土耳其的生活樣貌，舌頭卻能充分接納沙威瑪這類街頭小吃。飲食之外，我們如何對異國文化產生更多理解與包容，我認為這是台灣人世世代代都要持續學習面對的議題。

曾有不少人問過我，如何說明什麼是台灣風格、台灣特色？我想從我們日常的餐桌上，就能找到最親切的答案。

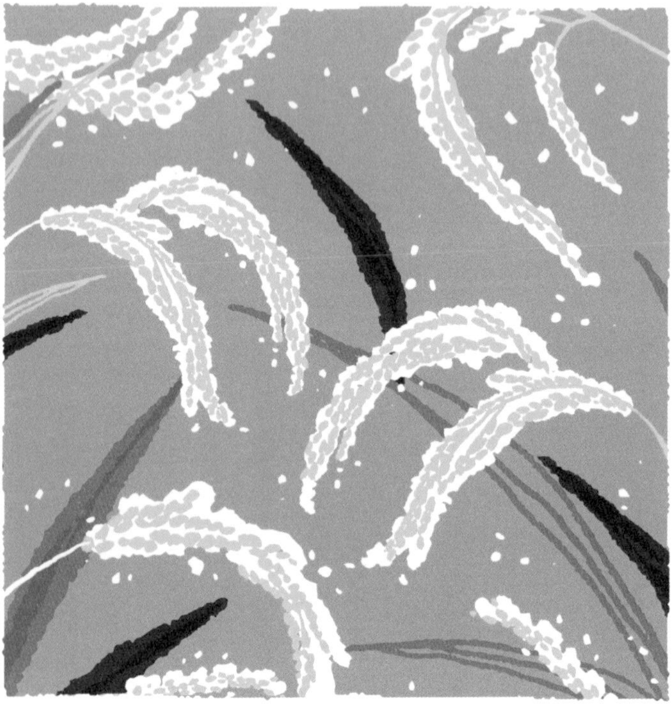

設計師 · 陳姵樺

粒粒皆辛苦

身為台灣人，兒時第一件被教導要感謝的事就是珍惜食物，感念農人的辛勞。「誰知盤中飧，粒粒皆辛苦」，再再提醒我們帶著感謝面對眼前的米飯。

從稻禾到米飯的過程一點也不容易，但文明的生活容易讓我們將眼前所有視為理所當然。

「知足惜食」看似件小事，卻蘊含著重要的人生觀，珍惜他人付出、感念天地萬物的滋養、感謝我們擁有的富足等，皆展現在碗中不餘一粒米的行為中。

我認識的台灣迷

我有一個日本朋友田中先生，是個超級台灣迷，對台灣的熟悉程度說不定還勝過許多台灣人。他會到台北萬華的路邊攤買花襯衫來穿搭、到高雄六龜買白茶當伴手禮，甚至能對台灣的流行音樂侃侃而談……

第一次認識他，是因為工作的關係。大約二〇一七年前後，印花樂當時正在找尋往日本拓展的機會，田中先生擔任一家日本企業的台灣品牌顧問，推薦印花樂給對方，牽起我們和日本代理商的合作緣分。雖然後來與代理商結束合作，但田中先生倒成了我們的好朋友，持續保持聯絡。

二〇二三年，全球疫情緩和，田中先生說他的新婚太太要來台灣短暫旅居學中文。我當然要在家裡做一桌好菜，熱切歡迎他們。

多年不見，有家庭後的田中先生整個人感覺成熟不少，不變的是他言談之間仍飽含著對台灣的思念與愛意。

「學中文一定要學台灣腔，即使多數日本人都是學中國腔，但我仍然開課教台式中文和台灣文化，是這樣認識太太的。她也是個台灣迷喔！」身為台灣人，總有對台灣感到沮喪、對社會有點憤世嫉俗的時候，但只要去看看田中先生的IG、找他隨口聊聊，又會覺得台灣是個很有魅力的地方。

「田中先生比台灣人還愛台灣啊，究竟是為什麼呢？」雖然早問過田中先生這件事，但每每幾杯台啤下肚，總會重複問起這個問題，他也樂此不疲地每次都給出不同答案。

「台灣人很喜歡講『差不多』吧？一開始學到這個說法，好像代表事情有點模模糊糊、不夠明確、有點負面的意思。」田中先生頓了一下，語氣忽然愉快起來：「但我後來覺得，其實台灣人是對的。世界上的人都有差異，但差異並不多啊！所以我總覺得台灣人比起我們日本人更包容、更能接受各種人的存在。這樣真的很棒！」

其實身為台灣人，從沒想過平常掛在嘴邊的「差不多」可以這樣解釋，但好像也不無道理。怎樣都可以、沒有一定要遵循什麼規矩、什麼想法都能討論看看，這些日常用語遠比我們所想的更能反映一個族群的價值觀。

就是這樣自由的台灣價值觀深深吸引著田中先生吧。「田中先生，這已經是哲學了耶，你是個哲學家吧？」

「沒有啦！」他對我的評論露出日本人的靦腆，繼續和我分享他一開始是如何從《悲情城市》認識台灣和日本、中國之間複雜的歷史，又如何從白沙屯媽祖遶境中體會台灣人看待宗教活動，也可以像派對一樣親切熱鬧。

「我們兩個，打算接下來在台灣結婚辦桌，要找高雄內門的總鋪師，還要把所有日本親戚請過來。」

「什麼——」我太驚訝了，由衷發出日本式的誇張驚嘆。對比有些台灣人自己都很看不起的傳統鄉野辦桌，一定無法想像竟然有日本人願意千里迢迢地來台灣舉行這樣別具意義的宴會。

「那要請電子花車嗎？」我問，但想也知道答案。

「一定要，這才台啊！」

設計師 · 陳姵樺

窗花
老台味

看膩了千篇一律的現代住宅，台灣老屋裡的老鐵窗，有著各家殊異的造型、色彩。因仰賴手工訂製，即使質地不夠工整精緻，仍然有股令人懷念的質樸況味。

刷淡的紅綠藍三色襯托白色條紋，只要是台灣人幾乎都能立刻捕捉到這幾個色彩搭配而成的熟悉感：這是市場茄芷袋的經典配色。

這幅圖案便由兩種市井而常民的生活符號結合而成，傳遞令台灣人感到溫暖而熟悉的台味。

腦袋裡的歷史缺頁

我有一任英文家教老師是美國人，她的男朋友是紐西蘭人，兩人都在政大攻讀東亞研究所。歷史和政治是他們的興趣，也因此經常成為我們上課的討論話題。

與外國人聊這些議題，有趣的地方是可以從第三者的角度來反思一些我從沒想過的觀點。比方說有一次聊到台灣歷史，我正為搞不清楚西班牙人、荷蘭人和明朝人來到台灣的先後順序而苦惱，老師則說起她的另一個學生對台灣歷史更是一片空白。

我反問老師：「美國人對美國的歷史都很熟悉嗎？」

她用一種理所當然的表情看著我：「對呀，從小就會學呀！」

聽她如此回答，我不禁愣了一下。對呀，我們也是從小就學歷史，為什麼對台灣歷史感覺如此陌生？仔細回想以前學的東西，我忽然有個領悟——我們從小到大所學的歷史，主要是「中國五千年」的歷史，台灣歷史只是被當成這五千年裡的片段來認識而已。這麼說起來，難怪我們對台灣史的印象總是含含糊糊。

兩位外國人由於熟悉台灣與中國之間的歷史與政治糾葛，因此十分了解我所說的學習狀態，他們也鼓勵我可以再多了解台灣歷史一點。被外國人這麼鼓勵，其實心情有點五味雜陳。

其實我並不是不關心台灣歷史，只是缺乏校園裡的學習脈絡，成年以後對歷史的知識獲取，幾乎是片面而破碎的，常常是心中有疑問時，才找相關資料來看。原住民在台灣的歷史有多久？第一次的中國移民潮發生在什麼時候？荷蘭人和鄭成功那場戰役是如何打的？乃至近代的二二八事件、美麗島事件的始末與影響是什麼……

「汝為台灣人，不可不知台灣事。」史學家連橫的父親曾對他說過這句話，啟發他後來撰寫《台灣通史》。每當我對台灣歷史片段感到模糊不解的時候，都會想起這句話而產生內省。

不過後來我轉念一想，要認識一地的歷史，其實不需仰賴死板的學校教育與史書研讀；藝術文化和影視、文學作品，或許影響力更大。

我對中國歷史的熟悉，也許不盡然是因為學校教育，從小到大看的許多歷史劇、小說、電影等，才是不斷強化加深我中國史知識的主要教材。其實世界各國都有無數的歷史題材影視、戲劇作品，像日本的大河劇、歐洲的時代劇，都是有效的文化知識傳播媒介。

更進一步想，當愈來愈多台灣人開始回望台灣歷史，開始思考那經典的哲學三道題——「我們是誰？我們從哪裡來？要往何處去？」時，或許可以期待我們會有愈來愈多的藝術、文學、影劇作品來促進人們從不同角度認識自己的歷史，展開不同詮釋觀點的對話。

當我看過《賽德克．巴萊》電影，乃至後來的台劇《斯卡羅》後，我從原住民的角度認識了那段土地與尊嚴不斷流失的歷史；身為閩南家族後代，是看了雲門舞集的經典舞作《薪傳》，才真正了解那段「唐山過台灣，心肝結歸丸」的漢人移民史；重新欣賞電影《悲情城市》，才終於體會從小聽到大的本省外省爭端起源；追完《茶金》這部台劇，我訝異於台灣原來曾有如此輝煌的茶業發展史，也才從商業供應鏈角度了解台灣曾有的國際地位。

但還不夠，還遠遠不夠，反而在看了這些以台灣史為背景的作品後才驚覺，還有好多面向、好多故事其實都沒有被搬上舞台，浮沉在大時代的洪流當中……

「我們是誰？我們從哪裡來？要往何處去？」台灣人走到今天才剛開始有點內心的餘裕，探索這三道問題。

我們還需要一點時間，但我相信我們一旦開始追尋，步履就不會停。

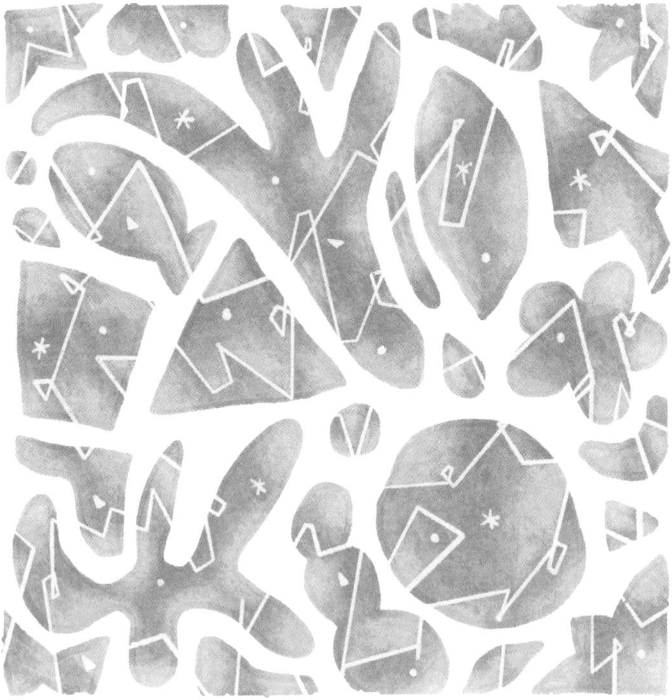

設計師 ・ 蔣瑋珊

尋找自我的旅程

好的事情、壞的事情、美好的回憶、不堪的過往，那些不同於周遭期待或有別於理想的模樣，其實都是自我的一部分。

如同這個畫面中，每個圖形都被分割成零碎的區塊，分開來看形態各異，就像人的面向多變，優點總與缺點並存；結合時卻缺一不可，漏了任何一塊都無法完整。

人生就是集結各種碎片的旅程，到最後我們才會看出成形的樣貌。

環島看見的古與新

你曾經因為一張音樂專輯而展開旅行嗎？

二〇二〇年，我在秋天安排了一趟環島自駕行。在計劃行程時，金曲獎正好給了我靈感。

那年阿爆以全母語創作專輯《kinakaian 母親的舌頭》拿下年度專輯獎，這張音樂作品創造出傳達原住民文化的新對話方式，足以令人產生更多欣賞與好奇，而非隔閡與疏離，是高明的藝術轉化力。「好想知道原住民文化還有什麼樣的創新？」這股好奇於是成為我這趟環島的主題。

當我到各地旅行時，總會特別注意當地有哪些傳統文化巧妙地與現代生活品味揉合，甚至創造出「融古於新」（Old but New）的新穎時髦感。這其實相當不容易，創作者必須了解舊文化，並對舊文化有充分自信，甚至是使命感，還要有眼光看出其中的創新潛力，運用足夠的美學創造力去重製它。融古於新，不只保留舊事物的價值，也能令現代人喜愛稱頌。這是文化生生不息之道。

我的環島行一共七天，開著車隨心所欲、想停就停。從台北往東走，一路沿著與太平洋相伴的台十一線，車上播放著事先準備的旅行歌單：以莉．高露、巴奈、陳建年、舒米恩、桑布伊……有背景音樂的自駕旅行才算完整。

在花蓮太魯閣走步道，晚上下榻在太魯閣族老闆親手以木料和鐵皮搭建的民宿裡。在豐濱受到一間外型狂野、以曲線渾厚粗獷的水泥混搭鐵件而成的餐廳「尬金包廚房」吸引，遂下車覓食；再繼續前進，則會遇見同樣以鐵件、木料和水泥建成，卻呈現另一種精緻優雅質感的「項鍊海岸工作室」。

到台東都蘭露營時，「米麻岸」手作飾品的創辦人莎莎姐妹帶著啤酒來訪。我這才知道，都蘭已有許多部落青年返鄉，以藝術創作、部落深度旅行來推動當地發展。如今的都蘭是個有山有海，也有藝術人文的迷人部落。

「都蘭之後要去哪？」幾輪酒精與吉他彈唱稍歇，其中一位排灣妹妹問我，我說還要去屏東和嘉義阿里山。「屏東？會去魯凱或排灣族的部落嗎？我喜歡三地門還有瑪家，那裡有很棒的琉璃珠！」「阿里山喔！鄒族的女生最漂亮了。」大家自然而然地以部落為地標討論起我的行程。從他們的口中才得知，原來還有這幅以部落情感交織而成的隱藏版台灣地圖。

循著這份新地圖（其實從原住民的角度來看，應是「古老」的地圖），我發現這塊土地還有太多我未曾探索之處。台灣還是原來的台灣，只是從漢人視角切換成原住民視角後，地理、歷史、文化，全都有了嶄新的意義。

旅行是我進行文化覺察與省思的方式。雖然一開始還有點擔心會不會把主題定得太狹隘。事後發現，其實狹隘的是我原先的想像與見識。

「少數人不是只有原住民，還有很多『少數人』，都需要被傾聽和了解……」阿爆的金曲得獎感言，說得如此溫柔而強大，而我有幸帶著這份啟發上路，才能看見「少數人」為我揭示的遼闊新視野。

可能還要環島好幾次才行，望著這幅「看不見的新地圖」，我心裡暗自規劃起下一次的旅行。

設計師 · 陳姵樺

打包的幸福

旅行帶來的幸福感，在打包時必定會升到最高吧！拿出行李箱、檢查資料文件、確認景點資訊、瀏覽想吃的美食清單……

「就要出去玩了！」出發前的打包是旅行的前菜，雖然尚未品嘗到主餐，但已讓人感到無比幸福。

當旅行正式開始的那一刻，呼吸到另一個城市的空氣，接收到另一個國度的景色，不論溫暖或寒冷、晴天或陰天，帶著的行李不是重擔，而是滿滿的期待。

PART 3

旅行在地方

我從不坐等靈感湧現，
我喜歡蒐集……
在旅行路上，就是我能
蒐集到最多靈感寶物的時刻。

手繪地圖、旅人書房、曼谷

二十出頭歲時，第一次獨自背包旅行的地點就是泰國曼谷。

曼谷有很多面向，比起大學畢業旅行那種眾人笑鬧、青春放肆的玩樂行程，或電影《醉後大丈夫2》（*Hangover 2*）裡腥羶狂歡、紙醉金迷的刻板印象，那時我嚮往去見識的是比較藝術文青的曼谷，在主流的泰國旅遊裡比較少人談論的那一面。

讓我對這趟旅行起心動念的，是那時還在青田街開著獨立書店「旅人書房」的老闆瑟倫的建議。她送給我一份曼谷旅遊地圖「Nancy Chandler's Map of Bangkok」，那是由移居泰國的美國藝術家Nancy Chandler女士所獨立出版的全手繪地圖，精緻得不可思議。那也是個旅人還沒全面依賴Google地圖和Tripadvisor的年代，上面所有的地點都是Nancy親自踩點、手寫短評，然後繪製成地圖。

瑟倫說，她就靠著這份地圖和附贈的小手冊來認識曼谷，她覺得我應該也會喜歡這位創作者筆下的曼谷，所以將她的地圖送給我。後來，當我攤開那張地圖，舒展在我眼前的遠不只是一份曼谷觀光地圖，而是一個藝術家對於鍾愛土地畢生描繪的熱情，也是一個資深旅人將美好經驗傳承給新手旅人的熱心。

無論是瑟倫或Nancy，她們的旅遊品味都讓我深感共鳴。標記在地圖上的多半是有個性的書店、氛圍獨特的咖啡店、品味出眾的選品店、概念新穎的藝廊、景觀絕佳的河畔旅店、風格時髦的酒吧……

Nancy似乎也是個特別喜歡鑽小巷的旅人。我永遠不會忘記某天我跟著她的地圖，走進一條明顯都是民宅後門的狹窄巷弄，到深處發現是死巷，地圖上卻畫了一條虛線指引我繼續前進。正感困惑之際，一位在旁邊晒辣椒的婦人指了指前方樓梯，示意我上樓。當我半信半疑地走上樓時，發現竟又回到大街上，柳暗花明又一村。

那一次，我也因為瑟倫對曼谷舊城區的浪漫描述，寧願忍受舊城區相對不便的交通尋找下榻處，因而來到一處泰國風情濃厚的殖民風格老宅旅店「Phranakorn-Nornlen」。這裡融合了東西方的藝術風格，庭院裡長滿豔麗狂放的熱帶園藝植物，室內妝點著繽紛壁畫與花布，每天提供用心烹調的風味早餐。除了地點較偏僻，實在是個無可挑剔的絕佳旅宿。

也不得不提這間旅店的貼心，傍晚固定在門口擺上三大壺迎賓水，一壺裡頭放著薄荷葉，一壺是檸檬，另一壺居然是小黃瓜與花朵，旁邊另放一落小巧的玻璃杯。在泰國豔陽下跋涉整日，又渴又累地回到旅宿時，那淌滿沁涼水珠的三壺水，還沒入口就帶給我宛若沙漠甘泉般的驚喜與感動。

那是我對曼谷最初，卻也再沒複製過的旅行印象。

其實從那次旅行以後，我常有機會前往曼谷，只是幾乎都與工作有關。出入的地方多半是飯店、商場、展示場，談論的是進貨條件、市場情報、通路表現等。當我開始以工作的角度看待一個地方時，自然淡化了旅遊探索的興致。Nancy那份獻給旅人的手繪地圖，我也在首次曼谷旅行後便束之高閣，再也沒攤開過。

後來回想，那可能是我使用的最後一份紙本地圖，之後的旅行我就轉向手機地圖的懷抱。因為聽從一個書店老闆的建議，帶著她傳承的紙本地圖到一個陌生城市旅行，攤開地圖穿梭大街小巷……這樣老派浪漫的旅行方式，想來也是不會再發生了。

二〇一五年，Nancy的家人在官網上發布了她去世的消息；二〇一八年，旅人書房也宣告熄燈……

幸好那份帶往曼谷的Nancy手繪地圖至今仍保存良好，上頭的筆記、便利貼，連同我的青春旅行記憶，一起封存在資料夾中。

設計師 · 應品萱

不能泡在冰涼的水裡嗎？

手上拿著的飲料，氣泡不斷往上游動……為什麼小氣泡們有勇氣在這炎熱的天氣下運動呢？

仔細一看，這杯子裡還有像汽水的泳池、池中的鴨子，甚至有樹蔭下趴著休息的兔子！

用視覺和想像降溫，看著看著，以為自己正泡在冰冰涼涼的水裡呢！

荷蘭美感散步

有一年我曾短暫造訪過阿姆斯特丹，那是我第一次到荷蘭，留下許多回味無窮的印象。荷蘭國土雖小，卻是一個文化大國。在歷史上誕生過梵谷（Vincent van Gogh）、林布蘭（Rembrandt van Rijn）、維梅爾（Johannes Vermeer）等藝術家，近代則有「Mooi」、「Droog Design」等品牌推出代表當代荷蘭品味的設計。

然而，和歐洲其他更具知名度的大城市，如倫敦、巴黎、米蘭相較，阿姆斯特丹並不是個第一眼就令人感覺驚豔的地方。

路上的行人並不給人特別時髦或注重潮流的感覺，實則散發出內斂的自信與品味；街上的店鋪也並非給人時尚精緻的印象，但販售的物件或氛圍都具有引人入勝的獨特性。建築與城市景觀呈現出一種不張揚的美感，重視整體均衡，也看得出來相當尊重歷史，運河旁一排擁有巧克力餅乾色澤的老宅立面仍維持得體面優雅，而新建築、城市的新機能元素也能和諧融入。

此外，阿姆斯特丹妝點市容的方式十分低調，那不是什麼鋪張炫目的招牌，就是簡簡單單的植物和花朵，城市便顯得色彩繽紛又生氣盎然。

我在阿姆斯特丹那幾天，一直在品味這城市內斂而務實的美感——對，「務實」通常不會用來形容「美」，但我真的覺得這座城市給我最重要的啟發，就是「務實而平凡的美」。去除多餘而徒具符號象徵的裝飾，美感的存在，即因為那就是所有事物所能呈現的「最好的樣子」。

甚至，我在街上散著步，一邊思索著這個對美感品味的新體會，意外從荷蘭人未拉窗簾的室內景象獲得印證——別誤會，我不是故意在別人家的窗戶旁邊探頭探腦，而是我發現許多荷蘭人的家儘管鄰近街道，但不見得會拉上窗簾。尤其於傍晚時分，點燈後更是一轉頭就能看見家裡的樣子。

雖然我通常會迅速別過臉，但在那短暫的一瞥中，意外發現荷蘭人注重生活品味的一面。幾乎每戶人家的桌上、窗台旁都會擺花，每一家也幾乎都會特別選擇室內燈具，桌巾往往與屋裡的顏色做搭配。看得出來這些都不是特別豪華或有設計感的家，但也一點都不隨便。

「我想要用我做得到的方式，用心珍惜生活。」我覺得那些窗戶好像都在告訴我主人的想法。

我的心頭熱熱的，覺得荷蘭人對「美感生活」提出了真棒的見解。

帶著美感意識過生活，並不是刻意堆砌、創造自己的生活，使之成為某種「具有美感」的樣子，而是將自己本來的生活樣貌，重新以美感的意識鋪排、整理。保持環境乾淨整潔，選用我們負擔得起的產品，以色彩來統整風格，間或搭配花卉植物，或一小塊有印花、有紋理的織物，若還有點空間和心情的餘裕，不妨加一、兩盞色澤溫暖的燈飾……

先有珍視生活的心意，才展現在生活品味上。這是我在荷蘭散步時，收穫到的美感體會。

設計師 · 應品萱

宅家的日子

美國畫家克萊兒・沃克・萊斯利（Clare Walker Leslie）在《筆記大自然》（*Keeping A Nature Journal*）中寫道：「我很快發現，我也是自然世界的一部分。我，也有陰天和晴天，在戶外活躍與安靜居家的日子，狂風暴雨、烏雲密布的日子，與風平浪靜、陽光明媚的日子。」

無法出門的日子，設計師在家中開闢出一個獨處角落，身邊的插花擺設、窗戶家具、杯盤餐具也逐漸構成生活中的日常，獨自享受著悠閒，感受最簡單的快樂與舒心。

法國沒有醜東西

某次到法國巴黎旅行，約了當時旅居巴黎的甜點評論作家陳穎碰面，並央求這位巴黎生活家帶我們逛逛她的私房路線。品味絕佳的陳穎不負所託，領我們去了一間又一間美輪美奐的咖啡店、甜點店、巧克力店、小禮品店，甚至還有她私心鍾愛的城市花園。

當我們這些鄉巴佬觀光客提著滿手戰利品，坐在路邊稍歇時，我忍不住問了陳穎一個可能很笨，但內心著實疑惑很久的問題：「這裡連十元店賣的東西都超美，說真的，巴黎要在哪裡可以買到醜東西啊？」

陳穎想了想，表情認真地轉頭對我說：「沒有，想不到，巴黎沒有醜東西。」一見我愣住，她又趕緊補充：「喔，有啦，有些中東商店賣的東西可能品味很奇特，但所有產品如果沒有最基本的美感，根本不可能在巴黎賣得出去。」

人人皆知法國人重視美感，但竟然直接從產品供應面就否定了有任何醜東西存在的可能，不禁要讚嘆法國人追求美的極致性。

然而，這樣的極致性究竟源於何處？我在腦中忍不住爬梳起法國的美學史，想為「法國沒有醜東西」這個陳述找個理解脈絡。

這麼想著，那張「太陽王」路易十四（Louis XIV）裝扮華麗、手拿權杖、身穿絲襪與高跟鞋的經典肖像畫，突然浮上了我的腦海。只見太陽王對我眨眨眼睛，承認自他以降的法式驕傲與挑剔，將流芳百世。

路易十四有許多善加運用「美學力」鞏固王權的知名事蹟，包括擴建富麗堂皇的凡爾賽宮，以集中王權；發明高跟鞋，以墊高他的身形與氣勢；他還日日舉辦奢華舞會，耽溺貴族的意志……「美」對於路易十四而言，可不只是附加價值，而是承載政治、經濟、乃至軍事力量的核心價值。

他深知美學經濟的力量——有美就會產生渴望，有渴望就有商機，商機就是財富，財富即是力量。在他的推動下，法國的時尚、工藝、建築、裝飾等都來到審美追求的最高點，成為歐洲奢侈品的主要輸出國，也為法國迅速累積了大量財富，同時也就有了充實政治、軍事力量的自信。

太陽王路易十四可說是運用了獨特的美學謀略，成就了法國歷史上第一個傲視全歐的黃金年代。迅速累積的財富與對奢侈品的需求，奠定了堅實而獨特的工藝內涵與美學品味，逐漸形成浮華精緻的「洛可可」（Rococo）風格時期。

在往後的歷史中，即便法國經歷了無數次革命、戰爭，仍是歐洲最深厚的美學土壤。近代孕育最多藝術大師與文人雅士的「美好年代」（Belle Époque），主舞台即在巴黎。二十世紀誕生的現代時尚，直至今日巴黎仍是全世界的領導中心……

我彷彿《午夜巴黎》（*Midnight in Paris*）裡穿越時空的主角，將法國美學最輝煌的時期一一回溯爬梳，才又回到現實。坐在觀光客熙來攘往的路旁，滿心敬佩地看著袋子裡毫不馬虎的十元店商品。

站在如此多美學巨人的肩膀上，法國，是真的容不下醜東西。

設計師・應品萱

貓咪的都市傳說

不知你是否有聽過這一則可愛的都市傳說，如果家裡的貓咪走失了，主人可以請附近的野貓代為傳話，就能很快地找回家裡的貓咪。

貓咪有時只是想和野貓朋友一起在城市裡蹓躂，看看與家裡不一樣的風景。

貓咪啊，想到處看看可以，但請不要把我丟下，讓我陪著你一起去好嗎？

遊牧畫家Luongo

公司附近的啤酒吧「米凱樂」，平日白天是不開門的。某天中午經過，我發現門口擺了一個小小的畫攤，像在歐洲街頭旅行時會看到的那樣。

一張一張小小的畫作，沿著店家的牆邊擺放。攤子旁邊坐了個西方臉孔的老畫家，孜孜不倦地創作著。他偶爾抬頭和往來的行人打招呼，我也和他微笑交換過幾次眼神，但從未駐足。畢竟平日裡總是庸碌來去，實在沒心情賞畫。

但是，那天不太一樣。

附近熟識的店家打了通電話到公司找我，說我把手機掉在他們店裡，我急匆匆地回到對方店裡拿回手機，回程時如釋重負地放慢腳步，一個轉身正好經過那個小畫攤。老畫家看著我，這次不只是微笑，他招了招手，示意我過去。

「我常在這裡看見你，你身上有股很特別的氣質，所以我記得你。」

（哎，這個開場白真是不得了！）

他接著說：「我禮拜天就要走了，不看看我的畫嗎？」

這句話像有魔力，我下意識望一眼手錶，發現距離下一場會議還有十分鐘，可以耍耍浪漫，決定停下來和他聊聊。

他說他叫Luongo，是來自義大利的遊牧畫家，在世界四處賣畫旅行。作品是很有個性的肖像插畫，筆觸樸拙、色彩鮮豔，風格非常可愛。

我看到他正剪下布料上的花樣，當作拼貼素材，才意識到這些畫竟然融入了我們永樂布市的在地元素。

「我從舊書攤找舊書，裁下來畫在紙背上，也有台灣的舊書喔！」Luongo領我欣賞他作品中的細節。我覺得這批作品又有花布，又有舊書，實在很有故事，想向他買一幅。

我指著一幅貌似達利（Salvador Dali）的男人插畫，覺得很有好感：「這幅多少錢呢？」

「兩百，」他將這幅畫交到我手上，接著說：「它還有個兄弟，來自同一本書。」他展示另一幅給我看，是一本法文小說的封面，上面畫了隻樸拙可愛的藍貓。我一眼就喜歡，於是不假思索地說：「那兩張我都買。」

本以為他聽到我一次要買兩張會很高興，但沒想到他表情猶豫，想了一下對我說：「好吧，這兩幅算五百。」

「咦？不是一張兩百？」

「因為藍貓畫在封面上，價值比較高一點，況且……」他又拿出了另一幅：「它們還有個兄弟，是同一本書的封底。」

他以遺憾的表情看著要被割捨下來的那張封底，我頓時感到自己真是個邪惡無知又不懂藝術的俗人，要活生生拆散這系出同源的書頁三兄弟。

「我教你一個義大利單字，『Trittico』，」Luongo補充道：「義大利文裡的意思是系列、三部曲，它們在一起，故事才會完整。」他在達利男人插畫的背面寫下「Trittico」，教我好好認識這個字。我心裡在尖叫，這不就是歐洲街邊小販典型的技倆嗎？他看穿我在藝術面前的軟弱，決定進攻，而我只能不爭氣地投降……

「好吧好吧，我不拆散這個Trittico，三張都給我吧！」

「那三張算你七百。」我無法衡量封面和封底的價值，但不一起帶走這Trittico，肯定良心不安。爽快掏出千元鈔和他握手成交，他找了三百給我，然後吻了我的手背一下。

「你是做什麼工作的？」臨走前，Luongo問我。

「我是設計師。」

他給了我一個「我就知道」的表情，我揮手祝福他接下來擺攤順利，然後轉身趕回公司。

捧著三張畫，眼前尋常的街景忽然變得有點奇幻，我剛剛是不是其實去了一趟義大利？七百塊不只買了畫，還買一個穿越體驗，值得了。

設計師 · 林匯芳

夢的邏輯

這是一個看似層層疊疊、充滿邏輯的夢，但色彩只上了局部，有些地方有形體卻無色彩，有些地方看似平面卻是空間。

「這是有邏輯的夢嗎？」設計師在夢中提問，理性的線條每根都顫抖起來，為什麼要有邏輯呢？邏輯在睜開眼睛的世界裡，既然來到夢裡，請享受這沒有邏輯的世界吧。沒有規則、沒有束縛，盡享絕對自由。

伊斯坦堡的老奶奶領路人

旅行的時候，如果能在途中認識一些新朋友，也許是當地人，也許同為旅客，與這些人意想不到的互動，往往也會為旅程增添獨一無二的滋味。

在過往一期一會的面孔裡，有位澳洲老奶奶的身影，最令我難忘。因為她為我示範了一種——只有身為老奶奶以後，才能享受的獨旅樂趣。

伊斯坦堡是個美食之都，除了因為土耳其本身地大物博、物產豐饒，伊斯坦堡深厚的歷史、橫跨歐亞兩洲的地理位置，也都豐富了伊斯坦堡的飲食文化。因此，我和同行的朋友決定報名參加當地的廚藝課。

我很喜歡透過參加廚藝課來認識當地美食文化，廚藝課往往不只有學習料理本身，還能認識食材、上當地市場採購，當然，更重要的是能與剛認識的廚房戰友們一起來場親手製作的美食饗宴，可說是最多元的旅遊體驗。

「Cooking Alaturka」是在伊斯坦堡頗負盛名、專門為旅人打造的料理教室，由風趣幽默的夫妻與一位主廚共同經營。在這班七、八位來自世界各國的旅人當中，我特別注意到一位身材嬌小、滿頭白髮的白人老奶奶，她身上背著一台大相機和一只大袋子，滿臉笑容、精神奕奕，而且健步如飛。

教室經理Leyla領著我們逛市場，正要伸手接過菜販老闆的塑膠袋時，老奶奶立刻從她的大包包裡掏出塑膠小袋子給她，並對她眨眨眼：「我們都要好好保護地球喔！」Leyla聳聳肩，欣然接受。

料理教室安排的內容極為豐富，除了要學習正式五道菜、親赴蔬果市場和香料鋪採購，還會認識沿途具有歷史意義的烤肉店、麵包店、咖啡店。

大太陽底下，我揮汗如雨、腳步沉重，但回頭一看，老奶奶像個精靈一樣，輕盈地走在隊伍中，並一路掏出塑膠袋來給大家裝蔬果。我真好奇她那大袋子裡，究竟裝了多少塑膠袋？

回到教室，主廚對料理步驟絲毫不馬虎，我們從研磨胡椒、煮高湯、清洗葡萄葉開始，忙得不可開交。烹飪到一半，大家都有點累了，這時只見老奶奶走到老闆跟前，直率地說道：「你把大家都累壞了耶，不如請我們喝杯白酒休息一下吧？」眾人聞言皆瞪大了眼睛，又滿懷期待地看向老闆。

身高超過一九〇公分的老闆，望著眼前這位嬌小的老女士，先是露出像被母親訓斥的無辜表情，接著哈哈大笑，搖頭表示拿她沒辦法。轉身拿出一瓶白酒，為我們每人斟上一杯。

有了白酒助興，大家烹飪得更起勁。晚上同桌吃飯，如多年老友相聚，餐桌氣氛歡愉熱絡。老奶奶剛好坐在我與朋友旁邊，於是和她聊了許多。她名叫蘇珊（Susan），住在澳洲南端的塔斯馬尼亞島。前任丈夫過世後，現在和新伴侶以及多年老狗一起生活，還變得更喜歡旅行，每隔一段時間就會幫自己安排一趟長時間的「壯遊」（Grand Tour），上一次是去中國，這次選擇土耳其。

她一邊介紹她自己，一邊展示這趟在土耳其的照片給我們看，看來在伊斯坦堡之前，她已經遊歷了土耳其不少地方。

「怎麼有這麼多你的獨照呀？都是誰幫你拍的？」我問。

「就是路上遇到的孩子們啊！我這麼老了，只要隨便碰碰一個人的手臂，大家都會幫我。」蘇珊對她這年紀才能享有的特殊待遇，可是相當自豪，甚至還開口邀約我們。

「我明天要去佩拉皇宮飯店喝下午茶，你們要不要一起來？那可是阿加莎・克莉絲蒂（Agatha Christie）寫出《東方快車謀殺案》（*Murder on the Orient Express*）所住的飯店喔！」

佩拉皇宮飯店是伊斯坦堡最頂級、最具歷史意義的飯店。若不是蘇珊邀請，我們倒還沒想過要進去，當然興奮答應。

隔天。到了約定的時間，我們站在鋪著紅色天鵝絨地毯的飯店大廳等著蘇珊，她背著大相機、大袋子翩然來到，一站定就環顧四周，說：「這裡這麼大，得找個人帶我們。」不等我們回應，旋即轉身碰碰一位站得直挺挺的飯店管家臂膀，笑咪咪地問：「我們是遠道而來的遊客，請問您願意為我和我的兩位孫女簡單導覽一下這座美麗的飯店嗎？」管家絲毫不疑有他，非常紳士地向她鞠了個躬，喚來另一位女性服務人員引導我們。

蘇珊和導覽小姐優雅地走在前面，不時發問，並用幾個問題逗樂了那位小姐。我們則像真的孫女一樣緊跟在後，聽導覽小姐熱心而驕傲地介紹佩拉皇宮裡歷史悠久的木製電梯、打字機、名人的房間……最後走下寬闊典雅的樓梯回到一樓，小姐微笑著與我們告辭。

我們忍不住驚嘆：「蘇珊，你太厲害了！竟然就這樣獲得了一場私人導覽！」蘇珊呵呵笑著，眼神忽然飄向我身後一道木製厚重、虛掩的門，門上古銅色的牌子寫著「Ball Room」（宴會廳）。

此時我已看穿蘇珊蠢蠢欲動的眼神，決定要搶先一步阻止她：「蘇珊，這是飯店沒有開放的區域，我們可不能……」話未說完，她已推開門溜進宴會廳，我只能把沒說完的話吞下，噤聲跟著她。

「哇……」站在空無一人的宴會廳裡，即使懷抱著擅自闖入的罪惡感，駐足於這個古典又華美的宴會廳，我仍深感觸動。挑高天花板鑲嵌著白色浮雕飾板與華麗水晶燈；明亮的光線灑落室內，將白色系的空間映照出珍珠般的光暈；古銅色天鵝絨的椅子和白色桌子交疊在一旁……我腦中浮現的是灰姑娘和王子在這般場地辦舞會的畫面。

「旅行要看的就是這種地方啊！」蘇珊滿意地點點頭，拍下許多照片，然後又對我們招招手，輕巧地像隻貓，一溜煙閃出門。

我們兩個驚慌失措的孫女仍像個呆頭呆腦的觀光客，確認門外無人，才倉皇地跟在她身後離開。

直到蘇珊對佩拉皇宮的內部空間感到心滿意足，甘願與我們到戶外咖啡廳歇息之後，我全程懸著的一顆心才終於放下。

在位置坐定，蘇珊看看我們，我們看看她，心照不宣地笑出聲來。雖然過程有點驚險，但多虧有她，我和朋友才能在既非住客也無預約的情況下，充分享受一場豪華飯店的精彩歷險記。為了感謝她，我們請她喝一杯調酒。

「等你們到我這年紀，可別忘了仍要好好享受旅行的樂趣唷！」蘇珊攪動杯裡的冰塊，帶著笑意對我們說。

「好的，希望那個時候，我們也能像您一樣，用這麼自由自在又無所拘束的態度旅行！」我們恭敬不如從命。

設計師 · 陳姵樺

百花
速寫

走一趟花市，繁花千嬌百媚，莫不讓人想朵朵擁有。而鮮花之美，美在剎那間，若想將其美化為永恆，最好的方法就是以畫筆捕捉。

一支畫筆，一本速寫簿，穿梭花市百花間，剎那即躍然為紙上的永恆。翻動紙頁，彷彿還能聞到花香。

京都才有的風景

創意的養分來自生活，要保持創意活水流動，就需要不斷在生活中「發現」與「體驗」，因此，旅行絕對是一個輸入養分的好方法。

旅行就是把自己拋入一個「非日常」的狀態，這樣的狀態讓人的五感特別放開，能更全面地接收新事物所帶來的發現與體驗。

不過說起來，我並不是個非靠出國旅行才能產生創意的人，我覺得更重要的其實是保持感官和心靈的敏銳與開放，即使在日常生活中，隨著季節變換、場景轉換、與人交談，也能有保有許多靈感輸入。

但新冠疫情讓所有人的行動與心靈都受限三年，或許真的太久了。感受再怎麼敏銳，也難免漸漸麻木疲乏……

二〇二二年中，疫情看來已是昨日，眾人的忍耐力應該也瀕臨極限。我在社群上看到一位平常以美感教學為業的朋友說，整理著課程資料、翻攪知識經驗時，不知為何不斷湧上自我否定、感覺內在貧乏的情緒。害怕被世界潮流拋諸身後的恐懼，讓他一度懷疑自己是否沒辦法再給學生好的內容、新的知識。這樣的心情，我深有共鳴。

對於創意工作者來說，靈感、美學、趨勢等的輸出量非常大，尤其「趨勢」是個一刻都不會停止變動的東西，只要社會脈動持續存在、人類持續活動，就會不斷產生新的趨勢。做創意工作的人如果不了解世界的大趨勢、大方向，以及最新的文化現象，一不小心可能就會讓自己的作品看來守舊、品味過時，陷入與時代脫節的窘境。

因此文化或創意相關工作者，是特別需要出國旅行的一群人。國外旅行的陌生感，有機會讓不期而遇的事物橫空打破習以為常的視角與習慣，讓僵固的頭腦有機會破開一些裂隙，並從那裂隙長出一點新芽來，也讓靈感的活水可以流洩。

太久沒出國，我幾乎都要忘記那種撬開腦袋裂隙的感受。

幸好國境解封沒多久，我就接到日本的一項工作。印花樂與日本福井縣在疫情間展開共創的「東鄉ＪＲ車站翻新計畫——印花樂限定視覺裝置」即將完工開放，因而獲邀參加新車站落成的開幕典禮。

這是一項難得的殊榮，附近居民們都盛裝打扮出席，連ＪＲ公司的長官也一同來剪綵。現場用心地準備了日本綜藝節目裡才會看到的祝賀彩球掛在頂上，一拉開就會有大量彩紙飛躍而出！

想不到解封後第一場旅行就有如此溫馨又華麗的場面，那彩球拉開的瞬間，也象徵我禁錮已久的旅行靈感庫宣告解封。

除了福井之外，我還順遊了鄰近的兩大知名古都——金澤與京都。適逢紅葉最美的秋季，正好遊歷向來以紅葉景觀聞名的兩個城市，我感到無比幸運、幸福。

許久不見的日本看似景物依舊，但又有恰到好處的陌生。走在街道上，每一步都會踩到掉落的紅葉，從鞋底傳來細緻微小的碎裂聲，一點一點，喚醒體內某些沉睡已久的活力與振奮。

在京都的時候，我特別約了已移居當地、多年未見的朋友碰面，興奮地和他分享解封後第一場旅行，以及一些讓我怦然心動的場景。

「今天看到一輛腳踏車的後座，竟然放著一個小藤籃，裡面的東西還用花布包起來。我看到那個籐籃，就想著這真是『非常京都』的小事，但這種小事，就是旅人思念已久、特地遠道而來的風景啊！」

我本來以為朋友會笑我大驚小怪，這是京都理所當然的日常。沒想到他聽完卻露出一臉感慨：「謝謝你，我就是需要聽到這種話。在京都住太久，都忘記這裡有什麼東西會令我感到心動了……」

語畢，我們交換了一個情緒複雜的笑容，混雜著理解、安慰和釋然。這個世界的活水隨著全球國境解封，像融冰一樣，一點一滴地再度流動，真是太好了。

「我覺得我要出去走走，回來才會重新愛上京都。」朋友感嘆，我再同意不過。

「旅行吧，我們都太久沒有旅行了。」

設計師 · 蔣瑋珊

茶滋味

如果以「茶」為創作靈感，可以如何用圖像來表現？做圖像設計時，想像力可以幫助我們將很抽象或形體不明的事物，轉化成具象的形狀、色彩。

比如這一幅「茶滋味」，首先透過顏色暗示發酵程度不同，從紅茶到綠茶的色彩表現；筆觸展現出茶湯的溼潤感；茶杯、茶乾、茶漬都可能呈現出「圓」的造型。也就是說，乍看只是由圓形構成的畫面，其實是對「茶」元素的拆解與想像組成的。

旅行就在前往美術館的路上

喜歡旅行的人，應該都有自己習慣的核心主題，像是一種蒐集，幾乎每次都會從這個主題展開。

有些人可能先鎖定若干想去的咖啡館，一天連去好幾家；有些人的旅行可能專門尋訪老建築，沉浸在歷史場景裡；有些人會為了體驗旅館，一天換一處住宿；有些人的重點則是美食、精品、登山……

至於我，就是美術館。我的旅行幾乎都以美術館、藝廊、博物館為核心展開，更精確地說，往往是先鎖定幾檔重要展覽，其次是有指標意義的美術館與博物館，再來則是有特色的藝廊。確認這些藝術標的後，才開始規劃路線，安排住宿和周邊其他行程。

可以說，我的旅行，幾乎就是在前往各個美術館的路上。

這是興趣，也是工作的一部分，對創意工作者而言，美術館是最能啟發創意的靈感場所之一。除了重要的展覽、展品內容之外，一間優秀的美術館，其建築、空間運用、指標設計、館內外大大小小的常設藝術裝置，甚至到禮品店、餐廳等，方方面面幾乎都能為觀者帶來獨一無二的體驗。

其中，我最重視的就是策展企劃。一個好的策展團隊，往往能將展覽提升到更高的層次，讓觀者獲得更深刻的觀展經驗。

記得曾經在東京的國立新美術館看雷諾瓦（Pierre Auguste Renoir）展覽時，我甚至還沒走進展廳，光是在入口看見一幅投影在牆上的搖曳樹影，眼眶就溼了。聽起來或許誇張，但我從這細節就被策展人的用心深深感動。

雷諾瓦是十九世紀的印象派畫家，他最知名的風格就是以畫筆油彩捕捉樹葉縫隙之間、交疊的遮陽棚之間、窗櫺與飄逸窗簾之間的靈動光線。那富有生命力、彷彿隨時都在變幻的光，就是雷諾瓦的標誌風格。

策展人深知這項特色，因此從展覽開始就安排一牆樹影，以溫柔細膩的方式，引導觀眾進入雷諾瓦的世界。即使觀展時因為想到雷諾瓦臨終前的病痛，對比他筆下經常描繪的幸福場景，感受到他生命的熱情，我又落淚了好幾次，但直到現在印象最深的，還是入口的樹影。而這就是策展的力量。

這種國際級的大展通常會特聘策展人，帶給群眾高水準的觀展饗宴，不過一些指標性的美術館，本身也肩負藝術教育領導者的角色，即使是館內的自策展、常設展，也十分重視策展表現。

倫敦的泰德現代藝術館曾有一檔讓我印象深刻的展。那檔展覽在探討「色塊」。色塊可以如何欣賞和解讀呢？這座美術館不以生硬八股的方法來教育大眾，而是以策展來引導。

展覽中選了不同時期、不同表現手法的藝術作品，無論是馬克・羅斯科（Mark Rothko）宛如霧中風景般的模糊色塊，或蒙德里安（Piet Cornelies Mondrian）極簡銳利的三原色色塊，透過不同藝術家的詮釋，讓觀者比較不同顏色、材質、形狀、尺寸的色塊，其所引發的感覺與情緒，有多麼不同。這是一檔展覽，同時也是一份色彩教案。

參觀展覽的樂趣就在這裡，我從未想過一個這麼小的題目能被拆解成這麼有趣的探討方式。這個概念與創意，後來也被收進我的靈感庫裡。

我常遇到許多人問說，自己不懂藝術，不知道逛美術館要看什麼，其實他想說的可能是：看完了，然後呢？展覽給我的幫助或收穫是什麼？

然而，靈感不是一個數學算式，有輸入就有答案。我認為靈感更像「儲蓄」，很多看過的東西都被收進心中的靈感庫，它們會在裡面交錯、碰撞、融合，直到我需要它的那一天，就會有許多有意思的東西蹦出來。

我從不坐等靈感湧現，我喜歡蒐集，因此我熱愛旅行、熱愛美術館。在旅行路上和在美術館裡，就是我能蒐集到最多靈感寶物的時刻。

當然，美術館的旅行，也不全然都只有認真投入、嚴肅以待的部分。看展覽因為要一直走動、理解、吸收、思考，其實非常耗費腦力與體力。這時，就會更期待館裡比較放鬆又好玩的區域。

比如說，禮品店。

美術館的禮品店之所以存在，最重要的意義是提供人們「帶得走的藝術品」。參觀展覽後，我們的內心往往盈滿許多感覺、感動，但又不可能帶走展覽的藝術品，因此就會將這些情感投射在禮品店裡琳瑯滿目的商品中。

禮品店其實也是美術館展現企劃力的重要場所，如何選品、如何搭配當期展覽推出商品企劃，甚至開發屬於美術館限定的周邊商品。這些如同大餐之後收束胃口的甜點，往往影響了那頓饗宴是否完美。

我認為一間美術館是否能讓觀者心滿意足地離開，取決於禮品店能否讓顧客充滿驚喜、買得盡興開心。

我特別偏好的美術館商品，就是各種茶巾（Tea Towel）、布巾。不僅價格適中、容易入手，也方便旅人攜帶。而且印在上面的往往就是最能代表美術館本身或當期展覽特色的圖案。

我喜歡把它們當成「軟海報」，在家裡吊掛展示，看膩了就拿下來當成鋪巾、擦拭布。每一次使用，當時的心情感受都會再次回到心頭。

美術館內的餐廳、咖啡廳，當然也是值得體驗之處。有許多美術館甚至會用上許多設計師家具，是個最容易親炙大師級設計作品的好地方。而曾帶給我難忘經驗的，當屬倫敦的V＆A博物館。

V&A博物館是個以裝飾藝術、印花圖案、織品時尚為主題的美術館，除了精彩龐大的館藏，它也為自家的「V&A Cafe」感到自豪。不僅僅因為這是世界第一個美術館咖啡店，也因為咖啡店本身就極具特色。

延續了美術館本身精巧繁複的維多利亞裝飾風格，這裡的咖啡廳有三個廳室，各有歷史，也各自覆滿不同風格的馬賽克磁磚、壁紙、浮雕、鑲嵌等設計元素。其中的「綠色餐室」（Green Dining Room）更是當年由英式印花始祖威廉・莫里斯（William Morris）親自打造。被滿滿莫里斯作品環繞，可能是我迄今最滿足幸福的美術館時刻之一。

當然，美術館作為面對普羅大眾的美感推廣機構，必然有許多更親民而不花錢的選擇。場館的外頭通常會有寬敞的廣場或草皮，間或點綴一些戶外裝置藝術品，也許還有街頭藝人的驚喜演出，人們在此就能自然地親近藝術。

這些廣場或草皮，往往是我旅途中的溫柔救贖。拋下背包，就地坐臥，看著眼前因為親近藝術而感到滿足愉快的人們……

我最喜歡的旅行，就是在前往美術館的路上。

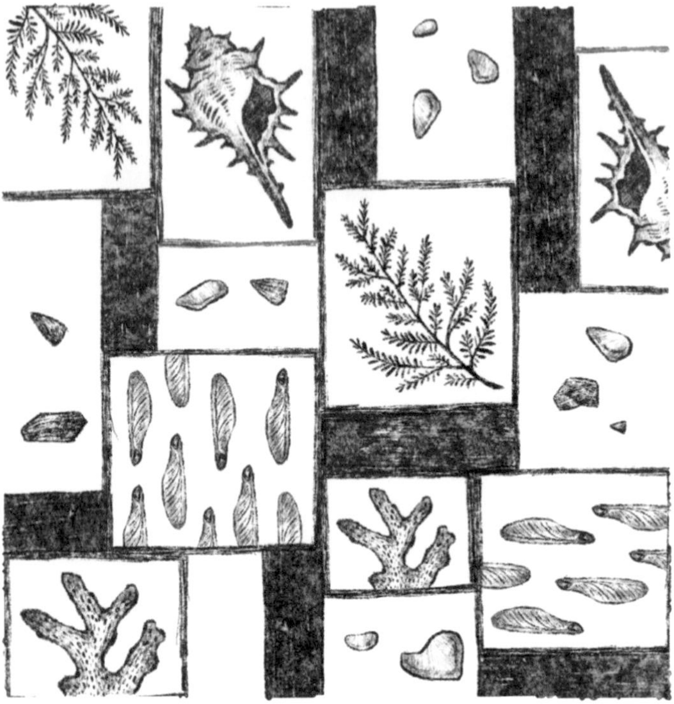

設計師 · 蔣瑋珊

收藏
大自然的
一部分

無論是在森林中與落下的樹葉、果實相遇，或是在沙灘上被海浪沖來的貝殼、珊瑚觸碰，這些小東西的生長過程皆令人感到好奇。

一顆樹是怎麼在森林中生長，如何滋養其他動植物們？一枚貝殼在海裡有著怎樣的生活？一顆石頭要多久時間才能變成這麼細的沙子呢？

為了紀念與這些自然物件「一期一會」的相遇，以畫筆收藏他們的姿態，是化有限生命為永恆的浪漫。

PART 4

有時拍手，有時跳舞

藝術品的有趣之處，
在於沒有標準答案。
存在的意義並不是為了解答，
而是為了啟發。

梵谷的自畫像

眼睛是靈魂之窗，比起耳朵聽到的話，透過雙眼往往更能理解一個人內在真正的靈魂、想法、訊息……

所以，如果我們想更了解自己，我們應該更常練習照鏡子。凝視鏡中人的雙眼、對他提問、與他說話、感受他的意志、觀察他臉部表情的變化，甚至，畫下鏡中的他——「自畫像」（Self-portrait），透過反覆觀察、描繪自我，達成與自己的深度對話。

藝術史上最具有自我對話意義的自畫像，非梵谷莫屬。

梵谷一生中，大約畫過三十多幅自畫像。他為什麼要畫自畫像，有幾種比較普遍的說法：一是說梵谷窮困潦倒，請不起模特兒，因此只能畫自己；另一說是他不喜歡藉由攝影留下自己的照片（目前找得到的都是他非常早年的照片），喜歡遵循文藝復興以來的藝術家「自畫像」傳統，以畫筆親手畫下自己的樣貌。

比起同代其他藝術家喜歡聘請模特兒、描繪人物美好容顏或軀體，梵谷似乎寧願畫素人。不過如果再稍微了解梵谷的生平與性格一些，對於他多以素人或自己為題作畫，就不會感到意外。

梵谷出身自十九世紀荷蘭的中產階級家庭，其實大有機會可以過上順遂平穩的生活。然而他同時也是個理想性格極強、對社會底層人物極富同理心的人，性格決定了他的命運。

他早年曾在礦區擔任牧師，那時起即經常描繪礦工、底層勞工的刻苦生活。而當他帶著這樣的作品來到當時的藝術中心——巴黎發展時，並不見得容於當時追求明亮、歡快氣息的印象派主流品味。不願對主流藝術圈妥協，感到失望、憤慨的他，於是遠走法國南部的亞爾，繼續實踐他的藝術理想，此時他畫的人物就是他身邊經常往來、坐在咖啡館角落就能觀察的人，包含妓女、郵差、工人。所以說，梵谷其實畫過許多的人物肖像。

「肖像畫」（Portrait）在西洋美術史中是個獨立的類別，源自十五世紀文藝復興時期。在文藝復興之前，是所謂的「中世紀」（Middle Ages），那是以「神」為主的時代，藝術是為了彰顯神。直到文藝復興時期，人文主義崛起，人們開始關注起「人／自己」，貴族與商人紛紛想找畫家留下自己的容貌，於是產生了肖像畫的需求，更讓此時期的藝術家不僅畫人，同時也畫起了自己。

「自畫像」是一種藝術技巧的練習方法，我在學繪畫的過程中也經常要練習畫自己。而一幅好的肖像畫，講求的不只是技巧上的形似，還有畫中人物是否能傳達被繪者的精神、氣質、思想，而這些都需要畫家敏銳地觀察與感受。

同樣的，畫自畫像時，畫家要不斷探問自己的內心，畫出內在的自我覺察，或是想說但說不出口的話……

這是我認為梵谷畫自畫像的真正原因。一生抑鬱不得志、晚年飽受精神疾病所苦的梵谷，沒有太多對象能夠傾訴，不為人所了解。這樣孤獨的人，想必也對自己提問許多事吧！對著鏡子裡的自己，透過他最擅長的畫筆試圖探索、對話。我認為，自畫像是梵谷的自我救贖。

最知名的梵谷自畫像，應該要屬一八八八年，他割下耳朵後，畫下自己包著繃帶樣子的那張。當時他和藝術家好友高更（Paul Gauguin）起衝突，他無法阻止高更離開自己，應該也是在那時，他的精神疾病已出現幻聽症狀，悲憤交加的情況下，他選擇自殘，遂割下自己的耳朵——「因為耳朵裡有很多聲音」。

奇特的是，在這幅畫中，梵谷卻未顯任何狂躁憤慨的樣貌；相反的，畫中的他，眼神十分平靜，左耳妥切包紮著，戴著毛帽，叼著菸斗，徐徐呼著菸。是否割下耳朵以後，那些他不想聽的聲音就消失了？當他看著鏡中的自己時，看見的是木然，還是平靜？

到了梵谷人生最後的時光，他已陷入重度精神疾病，住在療養院裡。此時的他，似乎開始把提問的對象，寄託於療養院窗外的星星。舉世聞名的《星夜》（*The Starry Night*）就是在此刻完成的。憂鬱的暗藍色天空、衝天的黑色柏樹，都象徵他內心的孤獨狂躁。窗戶就是鏡子，星星就是鏡中回望他的眼睛，與他眨眼、對望、凝視。或許在他心目中，《星夜》也是他的自畫像。

畫下《星夜》隔年，梵谷就舉槍自盡，在三十七歲時結束他孤獨而不被了解的一生。

從他為數眾多的自畫像中，我們其實可以體會到，梵谷或許一生都十分積極地想治癒自己，想了解自己發生了什麼事，想探問自己孤獨的原因。最後是因為發現此生都沒能獲得想要的答案，或是他終於找到了自己的解答，而決定結束生命……我們都不得而知了。

梵谷死後，他的作品才逐漸受到重視。或許也是因為在這個愈來愈喧囂的世界中，許多人的「孤獨感」反而愈來愈強烈，梵谷的作品彷彿成為許多人內心的投射，甚至成為大家的撫慰。

因此，才有了音樂家唐・麥克林（Don McLean）那首獻給梵谷的歌，溫柔撫慰孤獨心靈的名曲《Vincent》。

Starry, starry night...

（夜裡星光閃爍）

Now I understand what you tried to say to me...

（現在我明白你想對我說的）

But I could have told you, Vincent, this world was never meant for one as beautiful as you...

（但願我也能對你說，梵谷，這世界上從沒有人美麗如你……）

設計師・應品萱

好消息使者

花花草草是設計師心中永遠的繆思。畫著美麗的花朵，也能讓內心盈滿美麗。

心中感覺鬱悶時，就描繪一朵象徵「好消息使者」的鳶尾花，相信美好與勝利皆會趴伏在生活中等待被喚醒，舒展花瓣與枝葉，盛開綻放。

音樂裡的畫面

師大的藝術學院有個很有意思的制度，音樂系和美術系必須要互相選修對方的學分。不確定現在這個制度是否還存在，但當時因為這個緣故，讓我得以有一年時間拓展截然不同的藝術體驗。

無論音樂還是美術，藝術的本質都是相通的，我相這是此制度背後的用意吧！

記得當年選修音樂系其中一堂「音樂鑑賞」，授課的葉樹涵教授是個風度翩翩、風趣優雅的紳士。在他的課堂上，我才第一次深刻領略到聽音樂——尤其是古典樂——的樂趣。

「這時候，我們都搭著小船，在平緩的萊茵河上前進……天氣很好，你看到陽光灑在房屋、森林、草地上的光影，遠方有農人在耕作……」

老師一邊播著一首描繪萊茵河的交響樂，一邊帶我們進入樂曲的情境：「來了，這邊要注意，我們要開始進入比較危險的河道了，水流變得很湍急——咚！這裡避開一顆比較大的石頭——咚！咚！咚！啊……是不是真的很危險？」

教室裡一邊播著音樂，葉老師一邊生動地搭配旁白，帶領我們進到樂曲裡的世界。在此之前，我從不知道原來音樂可以搭配想像聆聽；對於沒有音樂基礎的我們，老師完全沒有向我們分析樂曲裡的樂器、結構、旋律，純粹引導我們「進入」音樂中，去感受音樂裡的畫面、音樂裡的故事。

我也不知不覺套用了我的美術經驗，樂曲繼續演奏著，我覺得好像在聆聽一幅橫軸山水畫。隨著畫軸不斷舒卷，我乘著一葉扁舟，在萊茵河上欣賞河畔的景色。

「你們不覺得古典樂的題材很豐富嗎？有描述風景、描述婚禮、描繪鳥的姿態、描繪麵包出爐的喜悅、描寫深夜獨處的感受……現在的音樂，好像都在描繪愛情啊。」老師帶我們欣賞了許多不同的古典樂主題後，有一次打趣地說。

仔細一想，還真的是，尤其流行音樂幾乎每首歌的題材都是愛情，究竟是為什麼呢？

自從上了葉老師的課，我發現自己好像打開了另一種聽音樂的方式，變得更容易進入到樂曲的意境裡，也更容易在聽音樂的同時，腦袋浮現出想像的畫面，某些時候甚至帶給我許多有趣的靈感。這對於持續需要創作的我來說，無疑是開啟了一個全新的靈感來源。

我聽的音樂類型非常多元，而這些音樂似乎可以帶我走進截然不同的世界裡。

聽希臘作曲家伊蓮妮・卡蘭卓（Eleni Karaindrou）的音樂，打破我對希臘的想像。那不是觀光客印象中塗脂抹粉的愛琴海，或許是只有希臘人自己才明白的——憂傷、迷離而古老，彷彿籠罩在散不去的薄霧中的希臘。

聽傻瓜龐克（Daft Punk）的電子音樂，總有歡樂上太空的感覺。我可能正待在一個充滿螢光燈管的太空艙裡，等待被發射到浩瀚無垠的宇宙中，但裝備不是最新科技的那種，而是老電影裡的太空人，以懷舊的方式唱著前衛的希望。

聽傑克．強森（Jack Johnson）的歌曲，我會一秒掉進那個有著陽光與海浪的海邊場景，屁股底下是柔軟的細沙，頭頂的棕櫚樹葉正沙沙搖曳，柔軟慵懶的微風送來遠方的吉他聲與歌聲。我環抱著膝蓋，望著眼前的海浪，有人在追浪，有人在游泳……人生不就本該如此？

在我的腦海當中，這些畫面有時像繪畫，有時是電影，只要持續播著音樂，想像的世界就無比寬廣遼闊。

保持音樂不間斷，就是我維持靈感活水的祕訣。

設計師 · 應品萱

耳機裡的景色

想了解一個人，可以從他喜歡的音樂去知曉。仔細觀察歌單，這是人與人之間無法言說的媒介，讓我們嘗試在彼此的世界聽故事。

音樂也會讓我們想起一些人、一些時光、一些風景。那麼，隨筆畫下耳機播放的音樂，又是什麼模樣呢？

這幅畫來自「椅子樂團」舒緩溫柔的音樂風格，聽到什麼感受就畫什麼，像是星期天的慵懶漫步，走到時光倒流的隧道，重溫美好。

舞蹈與生命

如果有來生，我真希望自己是個舞者。

我非常著迷於舞者的身體線條，以及舉手投足間的動作美感。因為從學生時期就一直浸淫在藝術相關領域，有機會認識不少舞者、編舞家，看到他們私下的樣子，即使不在演出或練習的狀態下，身體仍似乎隨時都有股力量蟄伏著，在線條特別清楚的肌肉之間、在轉動特別靈巧的關節之間、在伸展開闔特別大器的肢體之間。（我畢竟是做視覺藝術的，在觀察身體細微變化時，感受可能也特別敏銳……）

二〇二三年的全球賣座片《芭比》（*Barbie*）導演葛莉塔・潔薇（Greta Gerwig）曾說過，她特別挑選舞者作為此片裡面的背景演員，「因為我希望他們看起來隨時充滿力量！舞者光是站在那裡，你就知道他們的身體與一般人不同。」電影裡的芭比世界是個明亮又完美的地方，裡面所有的角色都要看來纖細、靈敏、活力四射，確實，成群舞者即使不發一語，也能透過他們的身體傳達出這種訊息。

這份自然流露的身體美感總令我感到羨慕。不過這也是千錘百鍊後的結果，我在自己的身體練習上獲得深刻體會。

我練習瑜伽多年，後來因為希望身體狀態能再有所突破，因此又參加了給舞者的肌力訓練課。雖然同樣是身體的訓練課程，但兩者同時練習，其差異對照起來格外有趣。

瑜伽的訓練是不強求的。瑜伽的本質是「接受自我」，不要與他人比，自我現在處於什麼樣的狀態，無論緊繃、軟弱、僵硬，都是自己現在的樣子——但我們不會永遠停在這個樣子。因此需要透過瑜伽持續練習，感受自己的變化，感受身體一點點的進步、一點點的穩定，也會從內在心靈產生對自己的信任與安定感。

但舞者的訓練可就不一樣，最大的差異是對自我的要求：不要輕易妥協接受，止步於此；要勇於突破，每次都多挑戰自己一點點。身體一定會有抗拒，但你必須相信身體，必須相信自己，堅定嘗試，直到獲得成功。

如果純粹比較身體素質上的差異，舞蹈肌力訓練三個月，無論在柔軟度或肌耐力上的突破，幾乎超越我練習瑜伽一年的成果。

這兩種比較，純粹來自我個人的體會，沒有好壞差異，就是不一樣，當然給我的收穫也大不相同。尤其練習舞蹈讓我更能理解舞者的挑戰心態，以及他們為何能將身體鍛鍊出超乎常人的成果。

我覺得舞者真是「身體力行」，是將生命活得淋漓盡致、以身體成就生命之美的一群人。或者應該說，他們絲毫不浪費這個肉體在人世間存在的意義，他們對生命的燃燒是如此直接而明確地表現在身體上，而我羨慕這樣的直接了當。

大學時期看雲門舞集的《行草》，那是我第一次被舞者迸發的生命能量所感動。我坐在戲劇院最角落的便宜位置，仍可清楚聽到舞者的呼吸喘息，可以看到他們的汗水灑落，可以看到他們因為用力而繃緊的肌肉線條……當他們跳躍、踩地，我可以感受到地板的顫動。當時第一次被這樣真實的感官所震撼，那經驗與隔著螢幕看影片完全不同。

我那時才發現，原來舞蹈迷人之處，在於讓觀眾看見生命活著的樣子。專注的靈魂，灌注在每一處肌肉、骨骼、毛髮裡。生命有多少容量，舞者的目標就是將之發揮到極限。

二〇一七年，無垢舞蹈劇場推出舞作《潮》，開場宛如神祕祭儀的三十分鐘旋轉舞，是我領受過最逼近生命極限的一場舞。

我本來就很喜歡無垢獨特的表演形式，創辦人林麗珍老師發展出識別度極高的舞蹈語彙，善於遊走在兩個世界觀交錯的混沌邊界上，那是一種曖昧不明、既熟悉又陌生的神祕魅力。當代與民俗、西方與本土、人界與神話、陽剛與空靈、清醒與夢囈……無垢的舞者表演時，總特別能將我的感官極致拉扯，因為最靜與最動、壓抑與狂暴，都會同時並存在無垢的舞台上。

《潮》那撼動人心的開場舞碼，首席舞者吳明璟身塗白粉，只是原地旋轉。從悠緩到狂亂，從恍惚到瘋迷，用最極簡的舞步，最大程度地磨蝕著觀眾的耐心與同理心——那可是個人哪，一個人怎能這樣絲毫不歇地旋轉那麼久？她的表情看起來這麼壓抑、這麼痛苦，她還能承受嗎？她何時會停止？她為何不停止？

整個劇院是暗的，觀眾盯著舞台的光亮處，一個白色的、似人似神似靈魅的身體在旋轉。漸漸的，觀眾也幾乎忘我了，我連同理與思考都停止了，肉體置於原地，靈魂則像被吸入那無盡的旋轉中……

背景的祖靈吟唱愈來愈急切，鼓聲愈來愈躁動，舞者的頭髮身軀跟著進入宛如神靈附體的狂暴旋轉狀態，踩地、甩髮，忽然——舞者停下腳步，仰頭，厲聲嘶吼，彷彿將全身僅存的氣力以全然釋放。

「啊——！」

獨舞者旋即倒地，舞台鋪地的千碼白綾從後方被兩名舞者猛然拉起，往前奔送覆蓋倒地的舞者，宛若湧浪吞噬已用盡氣力的軀體。

那發自靈魂深處的吼叫，將我的意識瞬間按壓回身體裡，觸發眼淚不自覺滾落。我甚至還不完全明白這段表演想表達什麼，來不及用頭腦想，就被如此直接、生猛、張力飽滿的表演深深震動，久久不能自已。

那頹然倒地的身軀，就是曾奮力一搏、直視盡頭的崇高生命。舞者未說隻字片語，只靠著旋轉、嘶喊、倒地，如此原始而簡單的身體語彙，卻讓我明白，或許是一個哲學家畢生想說的，或許是作為一個人終生所追尋的。

「舞吧！舞吧！否則我們就要迷失了。」（Tanzt, tanzt..., sonst sind wir verloren.）

一代編舞家碧娜．鮑許（Pina Bausch）曾說過的這句話，一直被我收在心裡。

當我感到迷茫困頓時，我就去看一場舞，讓舞者提醒我何謂生命力。

他們跳舞，而我找回自己。

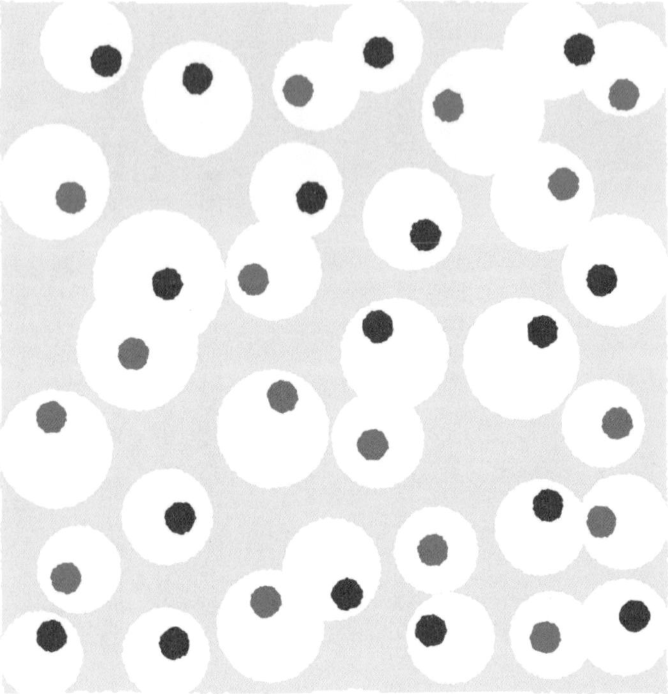

設計師 · 林匯芳

• • • • • •

身體裡的彩球

• • • • • •

女生的月經奇妙而難以捉摸，既是禮物，也是令人咬牙切齒的叛徒。若要具體形容生理期的感覺，大概就像子宮裡有滿滿樂透彩球，有時輕巧快樂，有時卻像沉重的鉛球。

壓力是否太大？身體狀態是否健康？彩球滾落的時候，就是女生每月一次重新與自己身體對話溝通的機會。

如果有部台灣藝術家影集

國外的電影或劇集，常有拍攝藝術家或設計師一生的傳記類型。這些創作者的人生多半本就極富戲劇色彩，加上以他們的作品為輔，很容易表達他們的人生觀與生命狀態，更能夠從他們的用具、服裝、室內擺設等彰顯出時代意義。欣賞的角度十分多元，因此藝術家或設計師的傳記片，是我很偏愛的影視類型。

我也常會幻想，如果台灣戲劇要拍攝藝術家傳記，我想看誰的呢？拍誰能夠拍得精彩呢？誰的傳記會特別有時代意義呢？

進入幻想前，先讓我這個美術生來說說近代百年台灣美術史，大致以二戰前後分成兩大時期：

日治時期，將西方的寫生觀念，與水彩、油畫、日本的膠彩畫等美術技法帶進台灣，由日本藝術家啟蒙、培育了這片土地上第一批的近代台灣藝術家，例如林玉山、郭雪湖、李梅樹、黃土水等。

二戰後，隨著國民政府來台，有許多藝術家也跟著來到台灣，帶入中國水墨技法和水墨寫意觀念，例如黃君璧、張大千、溥心畬等。

想想，光是台灣的百年美術史，由於有大環境的動盪迭代因素，能拍的人物和題材本就極為豐沛，但我仍然特別想看幾位藝術家的戲劇人生……

第一個是，席德進。

出於個人原因，我和這位藝術前輩有點穿越時空的緣分。在中國四川出生長大的他，當年隨國民政府來台落腳後，分別在台灣的兩間學校教過畫。一是嘉義高中，二是師大美術系，剛好都是我的母校，於是我在大學裡的台灣美術史，理所當然地選擇他作為我的研究對象，才因此特別了解他的創作歷程，乃至作為時代畫家的獨特性。

席德進的畫風融合東西美學，以中式水墨為底蘊，水彩、油畫為媒介，筆下色調豐厚明亮，但又能見內斂詩意，識別度非常高，即使今日來看，仍有前衛風采。

他一生輾轉於中國、台灣、法國旅居，但描繪最多、用情最深的還是台灣這塊土地。筆下的台灣風景多是寧靜的鄉間小景，古厝、稻田、淺山……我後來才明白這對一個自幼生在大山大水之國的藝術家來說有多難得，在他的作品中不見移民者的回顧感嘆，而是全心全意愛著當下這片新故鄉。

他畫的風景給人靜謐自處的感受，彷彿站在那片風景中的只有他一人，但他筆下的人物可就各個生命賁張、活靈活現，眼神尤其懾人，可以感受到他對人是特別用情的——這就是我想看他故事的另一個原因，在那樣的保守年代，席德進仍勇於在作品中展現他的同志愛意。

他畫中的少年們，總是用色飽滿、體格纖細、神情倨傲，畫紙上的情感張力彷彿一觸即發。即使他終生未正式承認他的性傾向，只在死前留下遺憾語句：「這個世界很可惡！我們恨一個人時可以公開地罵他、打他，然而我們愛一個人時只能偷偷摸摸，不能光明正大地去愛。」

如果真有影劇拍席德進，既能隨著他的畫筆飽覽台灣風光，又能探討台灣社會大時代底下的禁忌之愛……怎麼想都會是部好看的作品。

另一位讓我感到好奇，想看其人物傳記的是日治時期最具代表性的女性藝術家，陳進。

陳進是那個時代極為特殊的人物案例，她出生於日治時代早期，那時的華人社會甚至還存有「女子無才便是德」的想法，以及「纏足」的舊習俗，女性地位非常低落，但陳進幸運生長在一個思想開明的富商家庭，父母支持她受教育、學畫、到日本留學。她本身也深具繪畫天分，並十分努力，無論在日本或台灣都是相當少見的女性藝術家，二十七歲時即在台日藝術界創下許多第一紀錄，日本的報紙還曾以「南海女天才」來稱呼她。

陳進擅長畫日本膠彩畫，膠彩畫的特色是溫潤細緻，十分適合陳進這位大家閨秀。她的畫作題材多與自己的生活有關，包括人物時裝、花卉器物，間接記錄了她所經歷的時代容顏。除此之外，她在屏東教書時，也進入排灣族部落，深刻描繪部落鮮為人知的生活樣貌，傳世名作《三地門之女》中的人物充分展現母性尊嚴，是當時少見的女性視角。

而當我閱讀陳進在日本發展的相關史料時，感到最詫異又感動的是，她那時對自己「女性／被殖民者」的身分已十分有意識，因此告訴自己要格外努力，並且要以「台灣特色」來爭取自己的一席之地。日本報紙採訪她時，她告訴記者：「台灣是一個非常好的地方，誰不愛自己生長的故鄉呢？」

她的前半生是日本人，畫台灣是為了與日本人競爭，讓日本人看重自己作為台灣藝術家的身分；她的後半生是中華民國人，作為繪畫名家，不得不捲入國民政府時期何謂「國畫」的定義之爭。然而，她內心始終認為自己是個台灣人，她畫的就是台灣的時代樣貌。

陳進活到九十一歲，十分高壽，她的一生就是台灣美術史。若拍成戲劇將不只是人物傳記，還會是一部恢宏且美術考究的時代劇，同時更能從台灣史中較為少見的女性視角切入。可以的話，還真想看這部劇。

第三個存在我心中的戲劇人物，非陳澄波莫屬。畢竟陳澄波與台灣歷史息息相關，最具指標意義的事件，當然就是一九四七年，他在二二八事件後代表嘉義市民與國民政府談判，卻遭逮捕槍決的悲劇。

另一方面，我對陳澄波的關注，還是有些私心原因。我在嘉義念了三年高中，他至今仍是最能代表嘉義市的藝術家，他畫中的許多嘉義場景仍保留著，如果有機會，還真想看看從戲劇裡復刻那個時代的嘉義風情。

陳澄波和妻子張捷在大時代底下的淒美愛情故事可能也是戲劇主軸，張捷最著名的事蹟就是在丈夫遭公開槍決後，強忍內心悲痛，堅毅地以自家門板為陳澄波收屍，並密請攝影師保存陳澄波的遺容。她冒死保存的，不只是照片，還有陳澄波的萬張畫作。在那個警總仍持續監視、騷擾遺族的時代，張捷將畫密藏在閣樓中，直到將近解嚴時，才將畫作和陳澄波的故事，重新公諸於世。

我有一位設計師朋友長年待在上海發展，剛好在疫情前回到台灣定居，她說她假日在北師美術館擔任志工，想多了解台灣美術史，「不然我以前都以為，台灣沒有藝術家。」她說這話時格外讓我震驚，畢竟設計師已經是對藝術、美學相對有學習興趣的族群，即使如此仍對台灣美術史感到陌生，更何況是一般大眾。

戲劇是最能帶動傳播普及的大眾藝術形式，台灣過去因為種種複雜的政治歷史因素，讓台灣歷史在好幾代人的記憶中呈現空白。只有歷史被當成動人故事一代一代地述說，才有持續傳承的可能性。

我會繼續懷抱著對台灣藝術家影集的期待與幻想，希望有成真的時候！

設計師 · 周佳瑩

通往未來的門

布滿灰塵的書櫃，像一個穿越時空的入口。或許在移動擦拭時，會不經意觸動某個開關，掉進某個神祕未知的空間，展開一段曲折精彩的冒險。

電影《星際效應》（*Interstellar*）裡的男主角在五次元空間中利用重力把書櫃上的書推倒，藉此傳達訊息給分離已久的女兒，演示了「愛」可以跨越時間，還可以跨越空間。

我們的生活雖然不像電影，但也不一定需要跨越層層阻礙，才能對在乎的那個人說「愛」。

藝術真是讓人看不懂

我有次與一位賣冰淇淋的朋友聊天，他說，買了一幅台灣藝術家曾雍甯的畫，我非常驚訝。畢竟藝術品（特別是有藝廊經紀、在專業藝術市場裡流通的作品）可不是什麼說買就買的東西，為什麼會突然買下一幅畫呢？

「因為我覺得他的畫讓我想到冰淇淋。一開始看不懂，但多看幾眼就發現，他畫中那些一圈一圈的東西，不就是冰淇淋嗎？畫冰淇淋的藝術品，很適合我吧？」

這段有趣的小對話，我一直記在心上，覺得朋友理解藝術的開闊觀點非常棒！藝術家曾雍甯標誌性的風格，就是在畫紙上宛如種植花卉般，畫出滿滿的圓形、花形抽象圖案。乍看是花園，但也可以比喻為無限增生、繽紛多彩的生命／事物／樂趣。所以那些圖案可以是冰淇淋嗎？當然可以。

藝術品的有趣之處，在於沒有標準答案。尤其相較於書籍、文字，藝術表現往往更抽象，意涵更模糊，但相對的，可以展開的思考就更自由。

藝術家或許有他的創作思路，但觀者會被作品激發出什麼樣的想法或詮釋，其實是觀者自己的收穫。每個人的生命經驗不同，因此看同一幅畫，有人想到冰淇淋，有人想起愛情，有人想到一段悲傷回憶……都是有可能的。

甚至可以說，藝術品存在的意義並不是為了解答，而是為了啟發。

不過，這種「沒有標準答案的自由感」，反而會令在台灣成長、習慣以「標準答案」來理解事物的人們感到畏懼。就連我也有看不懂某些藝術作品的時候（事實上經常發生）。

我非常景仰國際編舞家碧娜・鮑許。當她帶領她的「烏帕塔舞蹈劇場」（Tanztheater Wupperta）來台表演《春之祭》（*Das Frühlingsopfer*）和《穆勒咖啡館》（*Café Müller*）時，我還很年輕，對世界的理解有限。儘管作品本身的強大能量讓人震撼，但對於舞作意涵其實看得懵懵懂懂。尤其是《穆勒咖啡館》，似乎想表達一種關於尋找與寂寞的概念，對當時的我來說實在太抽象，看完當下並沒有留下特別深的感受。

爾後多年，生活中偶然出現一些機緣或是場景，當時舞作中的某些畫面竟會隱隱然浮現，好像大腦不經意地尋找不同生命經驗中的一些連結。有時那就是稍縱即逝的一個念頭，不一定能被捕捉或參透。

二〇二一年，碧娜．鮑許的紀錄片《PINA》上映十週年，台灣舉辦了紀念特映會。雖是紀錄片，但溫德斯（Wim Wenders）導演實用了四支經典舞作貫串而成，我彷彿又在影片中重看了一次演出。意外的是，當年看只覺得晦澀、壓抑、難懂的《穆勒咖啡館》，如今我竟能讀取到其中許多濃烈的情感，悲喜、遺憾、感動、喟嘆……剎那間有種恍然大悟的感覺！其實表演還是一樣的表演，但我已不再是當時的我。

原來當時以為作品不好懂，其實只是還沒累積夠多的生命經驗與感受。

當我沒經歷失去，怎能理解遺憾？

當我未曾經歷別離，如何同理孤單？

多年後的現在，我能在作品中產生的共鳴已遠多過當年。當我「看懂」

以後，內心非常興奮，感覺到一種自我肯定與成長。

其實，欣賞藝術也是一種個人生命經驗的印證，我們因有了些累積、經驗，在觀看藝術品時會產生非常個人性的「感覺」，那藝術品就與我們個人產生了有意義的連結。這種「只有自己才知道」的特性，也是欣賞藝術的樂趣之一。

理解藝術不需要像研究科學，懂或不懂不是最重要的，最重要的是去覺察它引發的「感受」，啟動身體和心靈的感知。那些感知或許平常很少用，所以連自己也感到陌生，但曾經歷過的感受其實都會留存，然後在某個不經意的時刻，交會成新的悸動或領悟。

當我們在藝術的面前陷入自我的探問與沉思，儘管與作品本身傳遞的意義不一定有關聯，但這就是藝術國度裡的施與受。沒有絕對意義，人人盡享詮釋的自由。

設計師 · 陳姵樺

在心中
翩翩起舞

若以畫面呈現「喜悅」，那會是什麼模樣呢？

喜悅是一種內心飛翔舞動的感覺，如同芭蕾舞姿優美旋轉、靈巧跳躍，最後翩翩落下腳尖，完成圓滿的樂章。

舞裙隨著舞姿擺盪，一圈又一圈，由上往下望，彷彿一朵朵可愛的小花，歡喜綻放。

PART 5

品味從小物開始

「親手挑選喜歡的東西」
是人類最無可取代的快樂體驗之一。
正因為是你，看到這個物品時，
才會升起一股屬於你的想像與快樂。

白桔梗

如果臨時起意要在花瓶裡插束花，不需要上花市，只要在家附近的市場買束桔梗花。即使是菜市場裡那種平常販賣百合或銀柳、主要供應拜拜花材的傳統花卉攤，通常也會有幾束桔梗花可買。

桔梗花形細緻不顯張揚，清新氣質雅俗共賞，重點是耐放耐看，價格便宜，色彩如同一把色票那樣選擇豐富，各種花器都好搭配！除了不夠稀有獨特，桔梗真是一種完美的室內觀賞花。

其實我本來完全不是個會講究室內花藝的風雅之人，教我認識插花這門生活逸趣的，是以前店鋪附近的古物雜貨店老闆Nana。

每個人的一生中，可能會有幾位曾在我們少年懵懂時期相遇，年長我們幾歲，但品味讓人稱羨的朋友。他們的人生經驗比我們多些，見識比我們廣些，談吐比我們圓熟些。他們的人生總有許多故事可以講，也總會有好些能在眾人面前展現一二的興趣愛好，以及日積月累的收藏。那些收藏或許不見得名貴，但一定有名堂。

每當他們聊起偏好的小玩意兒、小樂趣，總流露出一股說書人的熱情與魅力，令人心嚮往之。Nana就是這樣一個朋友。

大約在二〇一一、一二年左右，那時印花樂剛在迪化街開第一家店沒多久，周邊店家多以傳統中藥材、布料、南北貨為主，像我們這樣賣設計雜貨品的店家還很稀有。於是，當我們得知隔壁隱密無尾巷開了一家有趣的古物選品店，立刻前去拜訪。

那是間名叫「意思意思」的小店，位在深巷老公寓一樓，像我們當年出國拿著地圖還迷路幾回，才能滿頭大汗找到的那種。走進去第一眼瞧，內心登時像有幾隻蝴蝶翩翩飛舞起來：「終於，這裡有了氣味相投的店，我們不孤單了！」這就是當時心裡的第一個念頭。

大門敞開，迪化街老公寓風格的店鋪裡，隨意擺置了幾個簡單的深色木頭櫃、古董行李箱，用來充當展示架；老板凳、舊書桌、大木箱等層層疊疊錯落，懷舊雜貨店的氣氛渾然天成；幾盞舊式小桌燈營造出昏黃光線，映照著琳瑯滿目的各種老玻璃杯、鐵皮玩具、老集郵冊，還有許多說不出名堂的古董小玩意兒，看得我眼花撩亂、津津有味。

正東張西望時，一位穿著白色亞麻襯衫的姐姐走出來和我們打招呼，她說自己叫Nana，和先生年輕時在世界各地旅行，蒐集不少小東西，如今決定暫停漂泊、定居台灣，才開了這家店。

Nana一開口，我們就知道彼此是磁場相合的人，此後我們果然成了經常往來的朋友。需要幫忙的時候，吆喝一聲就能互相支援；生意不好的時候，一起互吐苦水取暖，再互相給對方捧場開市……

那時去Nana的店裡找她，我們習慣坐在她的工作台前聊天。工作台上經常插著一束白色桔梗，在色系深沉古樸的店裡，顯得特別靈動雅緻。

「白桔梗到處都買得到，又便宜，又漂亮。生活再怎麼幽暗，插個幾束花，也就明亮了。」聽Nana這麼說，完全不懂花的我，從此認定白桔梗，也向她買了幾個可愛的古董花瓶，學著在生活裡放束花。

時光荏苒，轉眼十多年過去。

Nana早在幾年前就把店搬離迪化街，回桃園老家照顧家人；我們也已離開最初的起家厝、小店面，往更外面的世界愈走愈遠；而迪化街的上賣生活風格雜貨的店更是愈來愈多，幾乎成了街區主流，早已不再稀有寂寞。

很多人事物都在不知不覺間產生變化，有些曾經天天見面的人，也被時間的長河慢慢沖刷進了彼此的回憶裡。

但我倒從此留下了對白色桔梗的喜好，每每感覺生活有些沉悶幽暗時，我就上市場買束白桔梗，隨意插一盆擺桌上，氣氛也就明亮了。

設計師 · 林匯芳

無名花

多看幾本書，多蒐集幾個微笑，多表達一些感謝，多交換一些善意……就能把自己的內心種成一片花田。時時照料，有雜草的時候除草，繁花盛開的時候採集。

偶爾會發現幾株無名花，想不起何時播種，記不得它喚何名，但這都沒有關係，它可能是無意間的善意，長成一株令人微笑的驚喜。

白日夢音響

如果漂流到荒島上，只能帶一樣東西，你會帶什麼呢？我想我會帶著我的B＆O手提音響。

雖然這樣說似乎有點傻氣，島上沒有電、沒有網路，身上可能也沒有手機，那音響有何用？根本播不出音樂吧？

姑且讓我們拋去這些現實世界的問題，容許我編織對荒島漂流最浪漫的想像，在這幻想的世界裡，音響就是沒有電和網路，也能放出音樂。即使可能會在荒島上死去，至少我還能選擇自己的安魂曲。而真到那時，除了魔比（Moby）的《Porcelain》，我想不到更恰當、更想聽的歌曲。

So this is goodbye? This is goodbye...

（這是再見嗎？這就是再見了吧……）

魔比如夢中囈語般不斷唱著再見，但並非堅決不回頭，而是綿密呢喃、無限留戀。音響在荒島上繼續放著音樂，我躺著任由海浪拍打我的身體，音符敲擊耳膜，將思緒漸漸抽離，等待遁入無垠虛空，但心中仍有一個依戀的情人、難以割捨的物事、將了未了的心願……我細聲唱著再見，其實一點也不想真正道別。

音響就是我的幻想開關，就算我只能安安穩穩，甚至枯燥乏味地坐在書桌前，但只要按下播放鍵，隨時都能做起荒島漂流的白日夢。

我最喜歡的電影之一，是班．史提勒（Ben Stiller）主演的《白日夢冒險王》（*The Secret Life of Walter Mitty*）。電影中的男主角貌似經常發呆，但其實他是在索然無味的日常生活裡，用白日夢拯救自己，於是當他回到現實生活中，才有活著的希望與勇氣。

我特別喜歡荷西．岡薩雷斯（José González）所唱的電影片尾曲《Stay Al

ive》，歌詞反覆訴說著：

Dawn is coming open your eyes. Look into the sun as a new days rise...

（打開你的眼睛，看向那即將到來的黎明。凝視就要升起的太陽，迎向嶄新的一天……）

每當感到生活停滯沉悶，我就會播放這首歌。前奏一起，我即掉入冰島的想像場景裡。太陽從地平線的彼端升起，我剛經歷在強風與凍土間奮力攀爬的艱難，以為世界只有黑暗與寒冷，甚至一度忘記前進的目的是什麼，直到站上那山巔，呼出白煙，看見黎明的光芒逐漸浮現……

我不太發呆，但常聽著音樂做白日夢。

偶爾現實會令人想逃離，這時我就開啟音響，用這把鑰匙扭開一扇又一扇的門，透過耳朵走往幻想世界。在這些白日夢場景中，再找到回歸現實的力量。

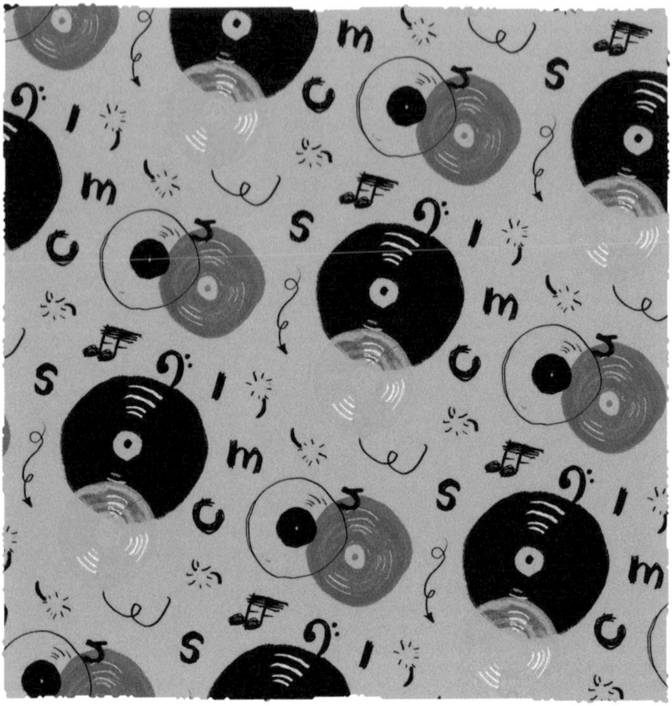

設計師 · 陳姵樺

黑膠記憶

當音樂從實體走向線上，黑膠唱片卻未曾被我們遺忘。唱針讀取表面一圈圈紋路的同時，像是按下時間開關，時光倒帶感受美好回憶的餘溫。

從播放、翻面、調整唱頭等細節，黑膠所享受的是那如儀式般的步驟，在這快速更迭的時代裡，反而有著自己的步調，優雅而從容。

老家的角落有台灰塵滿布的黑膠唱機，還有零星的黑膠唱片，明明已無法播放，腦袋裡卻有些熟悉又有韻味的旋律飄然而至，似遠似近，令人懷念。

紅色的畫

那次重新裝修家裡時，是先以一幅畫為靈感，才決定了整個家的風格。那幅畫是多年前開車到東部旅行，途經都蘭時所遇到的。近似馬諦斯（Matisse）風格的壓克力靜物畫，有鮮明的深紅色背景，中央擺了個黑色木盤，盤子上有釋迦、枇杷等充滿東部風情的水果，後面放了一把黃色烏克麗麗和鮮綠色的芭蕉盆栽。感覺像是畫家以自家角落為題的作品，線條樸拙但情感真摯，整體散發悠閒而明朗的東部慢活情調。

當時我因為內急而進了一家店借洗手間，沒想到意外闖入一處正在展覽中的餐廳藝廊。充滿都蘭隨興氛圍的空間中，不成套的桌椅隨意擺置，漆得五顏六色的牆上掛滿畫作，畫中主題大多是悠閒的東部生活：水果、海岸、日落、街景……是的，我被那幅有著紅色背景的靜物畫吸引。充滿生命力的紅，熱情而性感，直接而純粹，帶點浪漫的波西米亞風情，就像每次來到台東體會到的感覺。

「這是我畫的，」一個穿夾腳拖的外國人靠過來，微笑著對我說：「我在都蘭住了十幾年，現在要回英國，就把這些畫賣了。」

「這是你家嗎？」我指著那幅紅色的畫問他。他搖搖頭說：「畫裡面都是我在這裡喜歡的東西，紅色是我對台東的感覺。台東是個神奇的地方，即使住了這麼久，仍像夢一般美好。」他的語氣和神情讓我一瞬間聯想到高更對於大溪地的迷戀，於是我買下這幅富有情感的畫作，打算掛在家裡顯眼處，為我營造嚮往的生活氛圍。

後來我以這幅畫為靈感，在家中再現了一道與畫中相似的紅色牆面，將畫掛在上頭。畫家想像中的生活角落，成為我家的真實場景。也連帶把他灌注在畫中那濃郁而浪漫的東部生活氣息，移植到我的台北小屋中。

對畫家來說，繪畫的過程是他與畫布一段時間的親密互動。他在它還是一張白紙時，就對它投注全副精神與情感，把內心所思所想全數傾訴；他會摩挲它的紋理，一邊思量著色彩，考慮要輕柔塗覆，還是暢快揮灑；他會為彼此的親密結合而狂喜，也會為看不見的隔閡、難以下筆的遲疑而痛苦。

直到畫作成形，創作過程的一切情感波瀾歸於平靜，但並沒有消失，而是被封存到了畫面裡。那時，解讀畫作就是觀者的事了。每個人能在畫中體會的感覺和收穫都不相同，不一定需要畫家證實觀者的感覺。就像那位漂泊的英國畫家說，紅色是他對台東的感覺，但我並沒有追問他的感覺是什麼，因為我在看到它的當下，已經產生了我自己的投射與意義。

熱情而性感，直接而純粹，帶點浪漫的波西米亞風情。我希望在結束平日高壓緊湊現實的一天後，回到家裡立刻就能投入這幅畫中的情境。它可以是台東，可以是大溪地，可以是像夢一般美好的遠方。

正因為我們可能無法輕易到達、長久停留於那些美好之境，因此我們需要一幅畫，為我們的想像開扇窗。

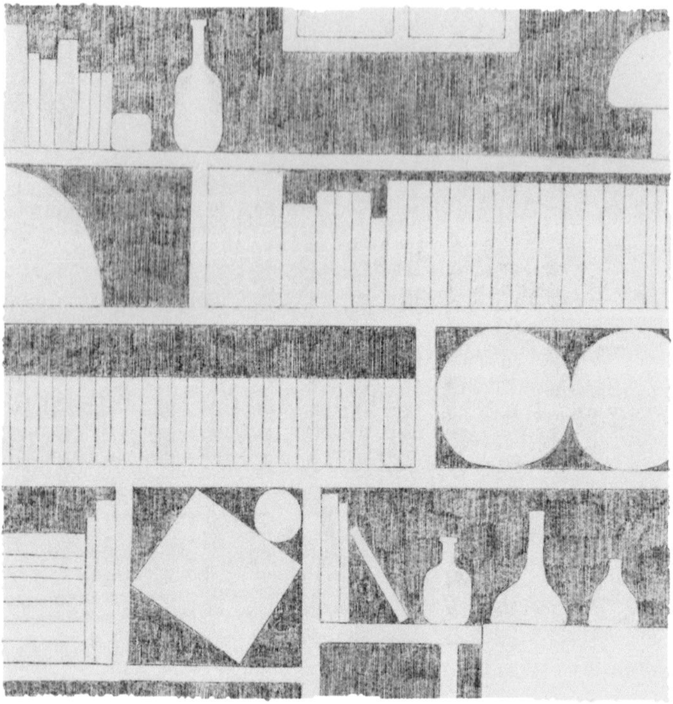

設計師 · 林匯芳

囤物的理由

國中的交換日記、整齊排列的 CD 光碟、來路不明的各式收藏……架上的物品是自己打造的成長量尺，記錄我們每段生命的刻度。

好幾次想下定決心「斷捨離」，但覆蓋在舊物上的是回憶漩渦，輕輕一撫就會不慎掉入。我們太奮力在漩渦中泅泳，忘了本來的斷捨離任務。

上岸以後只想躺在一旁喘息。積灰就積灰吧，誰的回憶不蒙塵呢？那可是我的成長軌跡。

緬甸的紙燈籠

我的飯廳裡掛著一盞紙燈籠，是多年前到緬甸旅行時，從山城格勞帶回來的紀念品。只要來過家裡吃飯的客人，都會對這只燈籠感到驚豔。

那時被旅遊作家葉孝忠所寫的《緬甸。逆旅行》吸引，他在緬甸二〇一〇年改革開放前曾到訪過這個國家。這本書寫在改革開放後，他再次回到緬甸旅行，發現此地正經歷著速度飛快的變化，於是趕緊寫下。這本書也吸引了我上路，想去看看這個終於揭開神祕面紗的國度。

因為我熱愛健行，那趟旅行除了在大城市仰光短暫停留幾日，更重要的目的地是要前往內陸山城格勞，走書中推薦的一條健行路線：從格勞徒步六十公里，一路翻山越嶺到美麗的內陸湖泊「茵萊湖」去。

「到格勞，是為了離開。」葉孝忠先生在書裡這麼寫著。確實沒有人會在格勞停留，它只是個通往許多內陸景點的中繼站。然而離開後，格勞反而成為我印象最深、最惦記的地方。

抵達格勞後，我和旅伴必須在此先待一晚，等待隔天參加當地旅行社的茵萊湖徒步行程。入夜的山城無處可去，我們從唯一的酒吧離開後還捨不得回旅館，在鎮上隨意蹓躂。緬甸的基礎設施仍差，鎮上路燈幾稀，卻遠遠地發現道路彼端有家泛出亮光的小店，於是我們往光亮處走去。

走近一看，大為驚嘆，原來是一家手工燈籠店。不到兩坪的小店，從上到下掛滿燈籠，即使細看並非特別精細的手工，僅用削薄的竹片撐出菱形框架，糊上染色的手工紙，綴上幾筆花朵彩繪，卻因樸拙而顯得韻味十足。

我看著非常喜歡，店員的眼神也寄予厚望。情感上我知道這是非常獨特的當地手工藝品，但理智不斷地提醒我隔天就要起步健行，紀念品是買不得的。一番天人交戰後，實在難以割捨，硬是買了一件色澤澄黃、有粉紅花瓣點綴的燈籠作品。店家幫我把它折成扁平狀，頗為輕巧地收在背包裡。

隔天發現旅行社有寄送背包的服務，一方面扼腕，早知道就多買幾盞，旋即又慶幸，我至少擁有一個。旅途中的紀念品，總在這兩種心情間拉扯。

從格勞走往茵萊湖的這段健行一點也不容易，路途遙遠、地形多變，但幸好有位經驗豐富又善於帶路的嚮導，讓旅途辛苦之餘，也趣味橫生。

嚮導Aki雖然是位出生成長於格勞的十九歲少女，但從小就接觸來自世界各地旅客，說得一口流利英語，見識一點也不少，態度樂觀開朗，非常樂意與我們分享她長期被忽略的美麗國家。我從她的身上看到緬甸正積極奮發圖強的縮影，以及未來的改變與希望。

在我的心目中，少女嚮導Aki就像那盞紙燈籠，質樸、美麗，即使小小一盞，也奮力在黑暗中散發光芒。

我很喜歡這位女孩，希望有一天她能從這個山城走向更寬廣的世界。回國後我寄了一條手帕給她，表達我內心的鼓勵與祝福。沒過多久，我在臉書上看到她成立了自己的旅行社，展開自己的事業，很為她開心。

回家以後，我將燈籠掛在飯廳。每日看到這只澄黃溫暖的燈籠被點亮，都讓我想起格勞那個只有燈籠引路的漆黑夜晚，以及明亮耀眼的Aki。

二〇二一年，當世界仍籠罩在疫情的陰霾中，緬甸軍政府發動政變，推翻了才發展十年，還在起飛中的民主政權。緬甸的大門再次向世界關閉，它的黑夜似乎更暗、更長了。

看到這則新聞時，我忍不住望向我的紙燈籠，再次慶幸自己當年買下了它。同時也遺憾，看來有好一段時間都無法再重返緬甸旅行了。我也為Aki感到憂慮，不知她如今可安好？

之後的某天，本來靜靜掛著的燈籠突然顫了一下，紙張纖維似乎開始脆化，看來再過不久就會完全脫落。我心中不捨地想著，也許就要換個新的燈罩了……

但那只燈籠直到寫作這篇文章的今日，仍頑強地堅守崗位，恆常照亮我的餐桌。我對它又升起了一股敬佩。

加油啊，你在我心目中是黑夜裡最堅定勇敢的光芒，夜愈暗，你愈明亮。

加油，Aki！

加油，勇敢的緬甸人。

設計師．應品萱

家的
理想模樣

日日相處的居家擺件需要悉心揀選，選擇什麼物件，就是選擇什麼生活樣貌。雖然不乏對現實的妥協、對回憶的寬容，卻也必定會有對未來的想像、對品味的嚮往。

每一回的捨與得，都要讓我們的家中樣貌更貼近憧憬，美感生活便由這些微小細節累積而來。

喜歡的東西

前陣子朋友剛搬新家，和我聊起布置的話題。過去長期在國外工作，轉了一大圈終於回到台灣落腳，展開穩定的新生活。

我很訝異獨居經驗豐富的她，竟是第一次打算好好布置自己的居處。

「沒辦法，之前到處移動嘛，東西愈少愈好；但現在不一樣，我想要有『家』的感覺。」朋友說。

「怎麼說？對你來說，什麼是家的感覺？」我好奇地問。

「就是有親手挑選的東西啊！首先，我想去買些喜歡的餐具，挑那些湯匙、盤子的時候，感覺就很快樂。然後還想好好買張書桌，畢竟看書、工作的時間很長，書桌得挑好一點。

「我最想弄的是陽台，現在變得很喜歡植物，想找一塊漂亮的木板來掛植物。你知道哪裡可以買到漂亮的舊木板嗎？還有我們下次一起去逛花市，幫我挑一下……」

朋友談起她的各種布置點子，顯得興致盎然；我也聽得津津有味，與她一起陷入新家的想像。

我一直都覺得，「親手挑選喜歡的東西」是人類最無可取代的快樂體驗之一。你的品味、你的想法，即將加諸於這個物品，產生新的連結。換做另一個人選擇這件物品，不見得能與你產生一樣的感覺。正因為是你，看到這個物品時，才會升起一股屬於你的想像與快樂。

身為一個「創造物品的人」，我很珍惜這種心情，每當想到這些物品能成為他人生活情境的一部分，能與各式各樣的人產生情感連結，能對某些人產生特殊意義……我就會覺得我從一個創造物品的人，變成一個創造故事的人，因而更喜歡自己正在做的事。

設計師 · 應品萱

刺繡的夢

刺繡是需要投入長時間的工藝，首先要先打稿在布上，再根據畫面顏色選擇繡線與針，精準地刺下第一針，再慢慢地串成線，最後逐漸形成美麗的立體花樣。

看似由虛線連結的圖案，實是緊密連綴的夢想。一針一針刺出夢的樣貌，一步一步走向想去的地方。逐步完成的夢想或許就如同刺繡，看似纖弱，其實緻密緊實、清晰美麗。

織物換季

隨著季節變換，我會將家裡的布置換季。其實並不是什麼了不起的大工程，就像衣櫃換季一樣。我會在換季時，把家中的布品織物一併更換，腳下的地毯、沙發的蓋布、餐桌的鋪巾……各有屬於當季合適的色彩或質地。

家具固然無法說換就換，但織品就像家具的服裝，可以盡享換季換裝的樂趣。如同飲食上講究的「不旬不食」概念，在對的季節吃當季食物，就能以合宜的價格享用到最豐美的滋味，那往往也正好是身體所需要的。

織品也有適用季節的差異，毛料溫暖禦寒，麻料清爽透氣，依著季節更換織品，除了讓家裡的陳設表情能夠隨季節展現新意，也享受它為我帶來最適應當季、恰如其分的感受。

我在家中最重視的織物是「地毯」，雖然台灣的氣候溼熱，有些人對地毯保養感到卻步，不一定會習慣鋪地毯，但如果要營造居家風格，又不想對地板大動干戈（尤其是租屋族），只要掌握質料與清潔技巧，我認為地毯是一種非常值得投資的家飾品。

我有一張鍾愛的羊毛地毯，是某年到土耳其旅行，千辛萬苦扛回來的紀念品。以遊牧民族為主題的手織地毯，黑色的主色調裡，點綴著亮橘色的帳篷、白色的牲畜、紅色的山丘等充滿遊牧風情的圖案。據說在山區下雪的遊牧帳篷裡，這樣的地毯可以隔絕地面寒意、溫暖雙足，提供實用的功能。如今它在溼冷的台北冬季裡，不只為我帶來溫暖，也持續以異國風情豐富我的家居生活。

毛料地毯確實在換季清潔時得下功夫。在土耳其時，我發現當地人的做法非常天然，往往直接披掛在陽台或路邊的車頂上，讓陽光盡情曝晒；在伊斯坦堡市中心的人們，也是這麼做。台灣受限於公寓住宅的貧瘠日照，但幸好我能依靠吸力強大的塵蟎吸塵器，正面反面仔細吸過後再折疊套袋收納，直到下個需要它的冬季來臨。

夏天的地毯就要換上天生即能帶來涼爽感的黃麻或竹編。我最喜歡的黃麻地墊購自IKEA，價格親切，取得容易。舒展開來的瞬間，一陣乾草香也撲鼻而來，這才是夏天應有的氣味。

地板質感換新後，我也會為沙發換個當季材質與色調。不一定要侷限在沙發套，事實上我喜歡用鋪巾或蓋毯，選擇更為豐富，也更為實用。只要往沙發上一鋪，空間表情立刻產生變化。

沙發更換鋪巾後，上面的抱枕、小茶几的桌巾、牆面上的畫作與擺飾，統統都能跟著更換。

夏天的黃麻地毯，搭配清爽的海藍條紋沙發鋪巾，再放置白色系棉質抱枕、棉麻桌巾，或乾脆拿掉桌巾，讓小茶几露出自然原木色；冬天的黑色毛料地毯則搭配紅色鋪棉沙發蓋毯、麂皮抱枕。再講究一些，甚至連當季的使用器皿也可跟著更換，夏天使用玻璃或有金屬感的器具，冬天使用陶器或厚木料材質……

雖然家居家飾的材質不若服裝有這麼強的換季需求，但為家中的織物換季，追求的更像一種儀式感，展現我們對時序的敏銳與尊重，提醒自己時間正在明確推移，我們是否注意到季節的變化？是否關心外在環境的改變？是否正在做最符合生命節奏的事？

「家」是我們安頓身心之處。如果對生活感到困倦、感到一成不變，不妨試試看順應季節，改變家的樣貌。

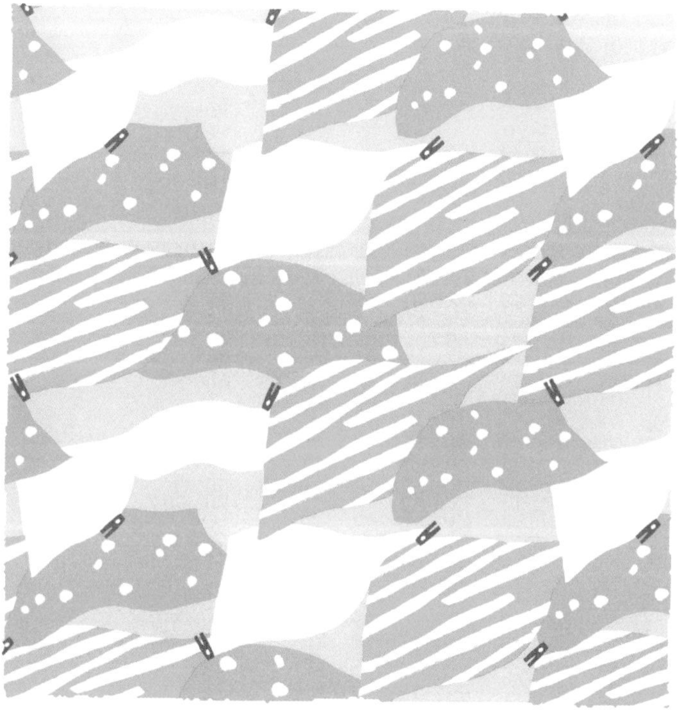

設計師 · 陳姵樺

陽光被單

無形的陽光長什麼樣子？恰好適合用被單來呈現。

豔陽高照、晴空萬里的時候，適合把床單棉被都拿來洗一洗。水氣在陽光下逐漸蒸發，晒過的棉被摸起來柔軟，又留有暖烘烘的餘溫，聞起來則有獨特的陽光香味。

在藍天白雲底下，高高晾著的被單以陽光醃漬，以微風浸泡，散發的氣味就是簡單、溫暖又幸福的味道。

絲巾

我是一個絲巾控，將衣櫃的抽屜拉開，各式各樣的絲巾、圍巾加起來可能不下一百條。

第一條開啟我人生收藏的絲巾單品，是二十出頭歲第一次去巴黎，在二手市集的攤位上翻到一條紅藍配色、有船錨和船舵圖案的絲巾，邊緣是傳統的手縫細緻捲邊。對於第一次造訪法國的我而言，那條絲巾的色彩、主題、工藝，以一種輕巧簡約的方式，承載了我對法國的第一印象。而且一條不到十歐元，也是我當時少數負擔得起的配件。

原本不懂得使用配件的我，買下這條絲巾後，意外發現它不僅美麗，還非常好搭配。任何一件平淡無奇的衣服，只要繫上這條絲巾，立刻就會散發一股別出心裁的時髦感。從此引發我對絲巾魔法的好奇，開始收藏起各種絲巾、領巾、圍巾……

它們是最划算的時尚配件，一點小小投資，就能創造各種穿搭造型。絲巾的面積可大可小，如果想展現氣勢，就簡單披掛肩上，展現大幅圖面；如果想要低調點綴，就以扭結小領巾的方式繫在脖子，或當髮帶使用。

搭長途巴士或飛機的時候，我一定會在包包裡扔一條絲巾，幾乎不占重量，又能適時抵禦冷氣的寒意。尤其純絲材質看似十分輕薄，卻能形成空氣保暖層，非常適合作為隨身攜帶的實用配件。

除了配戴以外，我也把它們當成「布畫」收藏。絲巾或手帕本身就是一條畫布，藝術家或設計師總能在上面揮灑千變萬化的創意。它們也是最佳的旅行紀念品，不管到哪旅行，都能淘一條有當地特色的帕巾，柔軟、輕巧、兼具紀念與實用意義。就算不用來配戴，掛在牆上也是別具巧思的設計。

印象最深刻的購買經驗，是一條在曼谷購入的粉色雪紡紗絲巾。記得那是個典型的曼谷夏季午後，我獨自走在嘈雜又悶熱的市集裡，一切街景畫面都令人感到焦躁難耐。忽然一陣伴隨馨香的涼風吹來，眼前出現一抹如夢似幻的粉彩，隨著涼風上下波動，勾引我的視線朝它望去。

原來是一間絲巾店，聰明地在門口放了一尊宛如天仙引路的假人偶，雙手輕撚一條絲巾，旁邊再擺一具小風扇。隨著風扇吹撫，絲巾也不斷往過路人招搖舞動，伴隨店鋪裡溜出的冷氣與香氛，簡直魅惑到了極點。我不由自主踏入店家追尋魅惑感的來源，就像走進《倩女幽魂》場景裡的甯采臣，再回到大街上時，手中已多了一條絲巾。雖然有些懊惱自己如此輕易又開了荷包，但至少貪享了一晌涼適歡快，也不算後悔。

更何況，那條絲巾實在好看好搭，是泰國年輕設計師所繪製的粉色遊樂園場景，充滿浪漫天真的泰式歡愉氛圍，用來搭配白色、杏色、藕粉色系等淺色服裝特別合適。反而慶幸自己那時的衝動購物了！

許多人在平日穿搭喜歡追求簡便，但不小心就會流於平淡，在我看來，絲巾就是無敵解方。想要造型精彩度提升，不用換掉整個衣櫃，只要增加絲巾就夠了。

設計師 · 應品萱

熱愛花草的Panny小姐

熱愛花草的 Panny 小姐有許多身分，但她收到這幅畫，是因為她是個母親。

她對花草與孩子皆一視同仁地照顧，敏銳地維持空氣中的溼度，細膩地擦拭葉片上的灰塵。她的辛勞獲得豐厚的回報，她有滿室香花，以及一幅畫滿花與愛的畫。

這一天的 Panny 小姐，笑容如花燦爛。

實體店的意義

「太好了，你們還在！」無論是每週的例會報告，或每天的工作日誌，門市夥伴都會與我們分享店鋪裡的客人有什麼意見或心聲。

二〇二三年是新冠疫情解封以來恢復全球旅遊潮的第一年，從年初就有愈來愈多旅客、商務客、返鄉華僑等出現在店鋪裡。讓我們驚喜的是，有許多都是曾經來過的老客人，且不約而同地與我們分享看到印花樂店鋪還堅定開著的感動。

「太好了，你們還在！」是最常聽到的一句話，這句話裡混合了慶幸、安慰，以及些許感慨，或許就像每個人或多或少都有的遺憾，疫情延燒的過程中，好些店家紛紛宣告熄燈。無論是自己身邊經常光顧，卻劃下句點的店鋪，或疫後興沖沖前往某個曾經有過美好回憶，卻人事已非的店點，內心都彷彿被撕下一角般。

這世界看似恢復舊有繁榮樣貌，但疫情為每個人帶來的影響與創傷也許還正在復原中。當我們再度與老客人相遇，確認彼此都安好的瞬間，相信都為彼此帶來真心的喜悅與寬慰。

這就是我想堅定開著實體店鋪的原因吧！店鋪不只是個買賣的場所，更是個聚集美好與希望、交流人情與故事的地方。四年前買過衣服，覺得品質很好，於是心心念念回訪的香港女士；分散於世界各地而終於能團聚的大家族，相約在我們店鋪裡體驗手作、購物、喝咖啡；即將回日本探親，想為每個家人朋友選購小禮物的外派上班族……大家來到店裡的原因各不相同，但一樣能在這裡汲取美好與快樂的感覺。

日本選品店「UNITED ARROWS」的共同創辦人，栗野宏文先生於其著作《UNITED ARROWS選品店天王：紅遍全球的祕密》也提到類似的看法。二〇一一年，日本發生了三一一大地震，人們大多以為經歷大災難之後，沒人會有心情逛街買衣服。事實正好相反，正因為災難打擊人心，所以人們更需要能為自己內心帶來勇氣與希望的事物。

書裡分享了兩個發生在震災周邊地區的小故事，其中一個是在服飾品牌「MHL」仙台店，震災後一位常客來到店裡，與熟悉的店員互相確認近況安好，還買下許多商品作為支持。當店員關心詢問住處時，常客回答說，他仍住在體育館改造的避難所裡。另一個是UNITED ARROWS自己的故事，震災後客人來到店鋪，想買下一雙比利時設計師的鞋款。店員為了協助調貨配送，一問之下才知道客人原本的家已經毀壞，「但我想穿上你們的鞋子，充滿勇氣地再次向前行。」

我讀到這段非常感動。一間穩定開著的店鋪，在紛亂多變的世界中，其實有著如同燈塔般的力量，象徵一種穩定而明亮的希望。

我們很好，我們還在，隨時都歡迎你來到這裡，讓我們確認彼此安好，也讓店鋪裡的商品成為支持你、讓你相信世界仍有美好希望的力量。

經營店鋪的我們如此鼓勵著自己，也希望鼓舞他人，這就是我深有所感的——實體店鋪的意義。

設計師 · 陳姵樺

夜晚捎來春的氣息

一月的暖陽在早晨將寒氣吹散，但夜幕低垂時，又提醒著我們此刻仍有料峭春寒。

冬春之交的夜裡，有獨特的平靜感，月光下散步，抬頭也許會發現樹的枝椏開始長出嫩綠色的葉芽。

當我們慢下來，打開五感，就能察覺自然間的變化。像是光線調度的時程、植物色調的變換。只要靜靜感受，就可以在暮冬的夜晚，接收到來自春天的氣息。

PART 6

美在自然裡

我們都曾以自己無能為力作為理由，放棄改變世界的任何行動。
雖然世界看似如此絕望，
但只要行動，土裡依然能長出希望。

薩爾加多的凝視

山坡土地荒蕪了，可以再造森林，進行復育嗎？人的心靈生病了，如何重建希望，重新發揮人性的價值？

每當談到藝術家可以如何對世界產生影響力，我就會想起二〇一五年上映的電影《薩爾加多的凝視》（*The Salt of the Earth*）。述說的是攝影師薩爾加多（Sebastião Salgado）的作品與人生觀，由溫德斯導演與薩爾加多之子共同執導，以紀錄片手法詮釋。

薩爾加多是舉世聞名的巴西攝影家、紀實攝影大師，但這部紀錄片之所以動人，不只著眼於他的藝術成就，反而對於自然環境、山林保育，乃至人與人、人與土地的關係，更有深刻的著墨。呈現的方式則致敬薩爾加多的作品，極富詩意，充滿藝術性。

影片的敘事節奏非常簡單，用一張又一張的照片，搭配著薩爾加多的旁白，娓娓道來他的人生遊歷與觀察。

薩爾加多的攝影作品向來絕美恢宏，直視殘酷。他所閱歷過的世界如此廣袤，或許連他自己在拍攝的當下都未必能充分吸收與思考，畢竟當時他作為攝影師的任務，僅是拍攝。

但電影要拍攝的是攝影師的「回顧」，一張張照片不只是靜止的畫面，而是一扇能看見「發生了什麼事」的窗，讓我們能跟著這名見證者去重新經歷那多數人未曾見過，且往往讓人不忍直視的世界。

薩爾加多前半生多以「人性」為題材進行遊歷拍攝：為了欲望而在巴西礦坑中工作不歇的淘金者、彷彿煉獄圖般的各國底層勞工群像、海珊在波灣戰爭結束後燒毀五百座油田的瘋狂場景，以及各處消防員徒勞無功的救援行動，乃至新幾內亞飢餓難民的深刻絕望……

見識了如此多因「人」而構築的、無邊無際的苦難後，薩爾加多坦言他的心靈生病了。而身為觀眾，在一連串絕望、瘋狂、痛苦影像的轟炸後，我們也不禁感到疲憊，頗能感同身受薩爾加多的「病」所為何來。

既然「人」的世界引發痛苦，於是他將目光轉向沒有人的世界，或說，沒有人類「文明」痕跡的世界。所以我們開始看到他拍攝自然、生態、動物等，那些在地球角落生生不息的原始面貌。

他在這個階段其實也有拍攝人，但他選擇以叢林部落的原住民作為切入點，我覺得更近似於拍攝地球上與其他動物無異、名為「人」的這種動物，其本來生存的樣子。

當他開始將視線轉向自然，心中的某種創痛似乎也跟著被撫平。原來只以高高在上的人類視角來觀看時，我們以為世界就是充滿了巨大而無解的欲望與苦痛；而如果改以「人只是世界的一部分」的角度來看待時，則會領悟到：無論人類認為自己建構的世界如何複雜，對自然而言，也僅是在其中發生的生命事件罷了。

我也相當喜歡電影中埋藏的一條副線：薩爾加多的巴西老家，有一片山坡地，在他的童年記憶中，森林蓊鬱、牛羊豐美，但後來因濫墾濫伐、過度放牧，土地貧瘠得只剩一片黃沙……

當他浪遊海外多年，重返巴西後，便決定著手復育老家的森林。一天種植一點樹苗，一批活了，再種一批……這個耐心復育山林的過程，穿插出現在電影中，隨著他的遊歷與心境轉移，森林一點一滴地改變了荒蕪的樣貌。

對人類世界所發生的一切殘酷，深感無能為力，相較之下，一片森林的復原，似乎也讓他踏實許多。

我們都曾以自己無能為力作為理由，放棄改變世界的任何行動。我相信薩爾加多正是洞悉了這層普遍人性（包含對自己的提問），於是試著改變，並在行動過後，簡單卻不凡地驗證了「改變可能成真」。

到了電影尾聲，只見薩爾加多這樣一名看遍世界的文化巨擘，如今是個歸隱山林的安詳老人，獨自坐在水聲潺潺、霧氣繚繞的翠美森林中，凝視著樹葉緩緩落在跟前。

他做的結論非常簡單——土地是可以復育的，人心是可以復原的。

雖然世界看似如此絕望，但只要行動，土裡依然能長出希望。

設計師・應品萱

小物件裡有大千

當我們用心觀察身邊小小的石頭、細細的樹枝，往空心的果核裡頭看，觸摸一片紋理清晰的枯葉，都像是夢遊仙境的愛麗絲一樣縮小了自己，進入了自然的洞穴。

可以在礦石裡看到星光的流動，在葉脈中找到發亮的道路，在貝殼中看到海水的波光，在樹皮上發現綠絨的地毯。

保持孩童般純真的想像力與觀察力，小物件裡也包含著大千。

風之谷

關於我的「環保意識」啟蒙，應該是從《風之谷》這部電影開始。

從孩提時期開始，我就深深著迷於日本動畫大師宮﨑駿於電影中構築的世界，森林裡的龍貓、會飛的小魔女、天空上的城堡……雖然知道那是虛構的存在，但想像力會帶著我往動畫場景的更深處遨遊穿梭。

儘管如此喜愛，但每一次看宮﨑駿電影的時候，不知道為什麼，內心屢屢有股說不出的悲傷。直到長大後才明白，因為他的電影從來都不只是表面上的可愛美好，探討的主題多半深刻而警世——對戰爭的批判、對環境汙染的反省、對貪婪人性的針砭……即使孩子看不懂，也能感受得到。

在《風之谷》的世界裡，大部分的地方都成為了沙漠，地表的水質也已酸化，只有少部分土地仍能讓人類居住。印象最深的兩個橋段，一是主角娜烏西卡在腐海森林底下的溫室中發現了這座森林的祕密，原來看似恐怖、充滿毒素的地方，其實真正的功能是吸收毒素，淨化土壤與水質；而另一個橋段，則是娜烏西卡極力阻止憤怒的王蟲衝進被汙染的酸湖中，她的腳只是淺淺碰到被汙染的湖水，就嚴重灼傷……

這兩段情節在童年看是奇幻，如今卻愈來愈有可能變成現實。

在我這一代的成長過程中，地球環境的惡化速度逐漸加速到可以切身感受的程度了。每年加劇的熱浪、暴雨、森林大火，大概沒有誰會否認人類活動是破壞地球環境的主因。我們只能問：惡化的速度會多快？有沒有辦法減緩？最差會到什麼程度？

此刻的人類無法準確回答這些問題，而電影工作者則試著提供人類一些警世寓言。

香港的《東方三俠》也是啟發我產生環境意識的重要電影，集結了楊紫瓊、梅豔芳、張曼玉等大明星的一代科幻大片，描述三個女英雄對抗邪惡的故事，尤其是續集《東方三俠2：蓬萊之戰》，她們要對抗的邪惡，不只是獨占潔淨水資源的「軍閥／人類」，還有被核爆汙染的環境。

無論《風之谷》或《東方三俠》，都是我在兒時所看的電影。當時或許沒能看懂全部，但如今回想，應該是這些電影在心中種下的種子，造就了我後來對環境的使命感。

成年之後，當然看過更多有如環境警世寓言的電影，包括《阿凡達》（*Avatar*）、《瘋狂麥斯：憤怒道》（*Mad Max: Fury Road*）、《銀翼殺手2049》（*Blade Runner 2049*）、《沙丘》（*Dune*）等。寓言故事的目的，是透過虛構的劇情讓人理解背後的事理，發人省思，進而產生共鳴並展開行動。我想我確實展開了對環境議題的省思與行動，但同樣身為藝術工作者，我也受到這些電影啟發，以我的方法——創立品牌——來傳播關於環境的寓言故事。

每每看到宮﨑駿先生頂著滿頭白髮，仍堅毅地站在前線，透過他的畫筆向世人說著寓言故事，從不因世界仍持續毀壞而氣餒，我都覺得萬分敬佩。他相信說故事的價值、故事能促成改變，而說故事人愈多，力量就愈大。

我深深感動，也期許自己要成為像他一樣說故事的人。

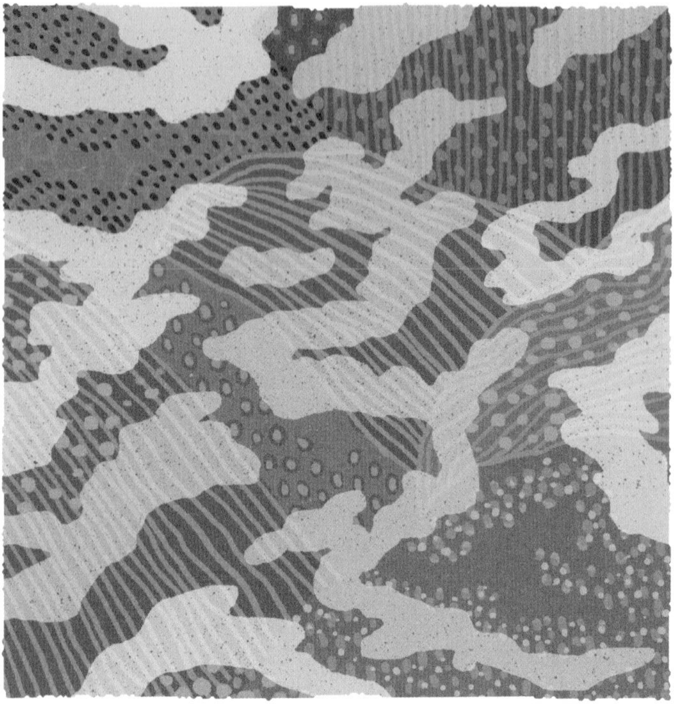

設計師 · 蔣瑋珊

霧雨花

雲霧瀰漫的時候，常給人一種時而清晰、時而模糊的感覺。春季上山賞花，花海就成了霧裡花。以粉色與深淺不同綠的色塊疊加，像是走在雲霧繚繞的山路中，而滿山遍野的花，又星星點點地綴在綠色的枝葉裡。

雲霧裡看花，在道路看不清的那頭，會發現什麼花呢？

露營的早晨

我很喜歡露營，因為露營總能讓我再度體驗與大自然合而為一的感覺，以及生而為人最直接純粹的快樂。

不同於平常住在人造都市中的舒適與便利，露營時什麼都要自己來。搭建營帳、取水、生火、煮食。尤其在夜間，沒了日常生活裡幾乎無所不在的燈光，只能在黑暗中體會那種無助，與什麼都做不了的氣餒。

雖然還差得遠，但我經常會在露營時閃過一絲關於住在洞穴中的原始人畫面，也會想到老祖宗那種對於天地萬物的敬畏，以及認知到人類力量的有限。太陽升起時，世界理所當然是明亮的；太陽下山後，我們必須非常努力才能生火，或用提燈照亮一小圈地方。食物採買（古時候是打獵或採集）足夠就能吃飽，買不夠就得餓肚子。

露營的時候，我們會自然而然地開始關注人類以外的世界，而且也必須如此，畢竟在大自然中，我們是脆弱的，因為環境與天候是如此多變而不可預測。蚊蟲來襲時，總感覺自己是龐大笨重的獵物；起風了，要擔心帳篷會不會被吹翻；下雨時，煩惱帳篷會不會進水？東西都泡溼了怎麼辦？

在露營的情境中，我們往往會被迫回到基本生存層面的忙碌與擔憂，但相對的，快樂與滿足也很簡單。我會因為來到一塊特別平整而草皮豐美的營地而開心，會因為撿到許多乾燥易生火的枯枝而開心，會因為帳篷旁正好有顆開花的樹而開心，也會因為用簡陋廚具卻煮出好吃食物而開心……

除此之外，我當然也享受那些只有露營才有的獨特時刻，例如和三五好友在漆黑夜幕下，圍著營火談心小酌。尤其是待在冬季的營火堆旁邊，當我裹著毛毯，捧著剛煮好的熱紅酒，抬頭看天空的月色遙遠清冷，眼前的火光卻熱烈歡快地舞動，全身被烘烤得溫暖舒適。那時，我的內心會盈滿感激，感謝這世界上有火，感謝此刻的我能如此幸福。

我也喜歡露營的早晨，在大自然中醒來的時刻。尤其是拉開篷布拉鍊的那一瞬，往往都有意想不到的驚喜！晨間的大自然——沒有下雨的話——最美的永遠是色彩。

清晨的光線會為大自然的一切打上一層粉霧與金光。清透的天空、閃耀的樹木、嫩綠晶瑩的草地，以及灰藍色的樹影……印象深刻的是一次在海邊野營，清晨拉開篷布的景色美得幾乎讓我落淚，眼前是一望無際的鵝黃色沙灘與湛藍色的海，海面的白浪與金色光點一波波溫柔地朝我湧來。

記得那一次，我坐在帳篷口對著海發呆許久，肢體還未清醒，心靈卻異常清晰。我深深覺得自己與整片天地相連，我只是這廣大天地中的一分子，就像海灘上的沙粒般微不足道。

露營的早晨時光讓我想起身而為人應有的謙卑，同時也再次感受到自己被自然無私接納。一個離開自然許久的人類彷彿忘記自己的來時路，要回望時卻發現天地母親的眼神其實從未離開過自己。

給自己一個機會，重新喚醒對自然的愛意與人性，這就是我喜歡露營的原因。

設計師 · 應品萱

穩妥的靠山

如果不是從小成長在自然中，人們何時會體會到自然給予自己的能量？

經驗過一些社會磨練，或某些惱人的喧囂，也許我們會重新想起人類是自然的一部分，渴望回應自然的呼喚。走入山林，親近樹木，獲取大地慷慨而平等給予生命的能量。

對比人間的浮動多變，山永遠在那，顯得安詳穩妥，亙古不變。

一日爬山

身處多山的台灣，最適合大眾的戶外旅遊方式之一，我認為是舒適的汽車營地露營，再加上輕裝走一條步道。其實這樣的組合在台灣還不少，若有人要初次嘗試，我推薦「武陵農場露營—桃山瀑布步道」的經典路線。

秋天是最合適的季節，因為武陵農場的秋天美得令人屏息。高緯度的植物樣貌在秋季本就特別婀娜多姿，以針葉林木為主角，從金黃到深紅，構成內斂優雅的暖色系。即使靜靜坐在營地中發呆，也能享有純粹的美感收穫。若起身走一趟桃山瀑布步道，體驗則會更為深刻。

說到桃山瀑布步道，多年前還沒有建立運動習慣，也剛開始嘗試爬山，這段四公里的路讓我花了三個多小時，走得氣喘吁吁、苦不堪言。沒想到再過幾年，我已陸續走過不少山路，也練習瑜伽多時，同一條步道，步伐不疾不徐，大概只消兩個半小時就能走完。

這條步道其實是一條平緩寬闊的針葉林道，林間也有許多可愛細節，掉落滿地的毬果、覆蓋樹皮與石板路的灰綠地衣，若夠幸運，還會遇上宛如寶藍精靈的藍腹鷴相伴而行，終點則有秀麗的煙聲瀑布作為獎勵。

若要有點挑戰性，從武陵農場營地出發，還可以選擇單日來回海拔三二〇一公尺的雪山東峰。輕裝挑戰大約九小時的路線，清晨出發，下午回到營地好好休息，大大舒緩爬高山的疲憊。

如果想讓爬山目的更有意義，我會選擇以神木為主題的步道，例如北得拉曼步道、司馬庫斯步道、以及鎮西堡步道，都算是容易親近的神木步道，附近也有許多露營地可以選擇。

對我來說，在半日步行可達的步道上看見神木，是非常感動的體驗。我總想著千年以前是哪顆帶著崇高使命感的種子，落在此處泥土裡，與這座地質尚屬年輕，仍充滿躁動變化的島嶼一同成長。幼苗時的它，躲過了動物的啃齧；小樹時的它，躲過了暴雨與雷擊；長成大樹後，躲過了蟲害；長成巨木，躲過了人類的砍伐……直到獲得一聲「神木」尊稱時，它已長成一棵彷彿開天闢地以來即駐守此處的崇高神靈。

有一回，我只帶著水和麵包，從營地輕裝出發走司馬庫斯步道，來到一處可以看見大老爺神木樹冠的小坡，就地坐下休息午餐。眼前是不可思議的茂密神木樹冠，我一口一口咀嚼著麵包，感覺自己像隻在樹上築巢的小鳥，或被樹枝保護的小動物，內心感到無比平靜而安心。

最棒的是，走完步道後，我們不需要急匆匆地趕著下山回家，而是帶著剛剛好的滿足與疲憊回到營地，煮一壺咖啡或茶，好好放鬆，寧靜地坐看山景與天色變化。

往往在這樣的時刻，我的內心會升起由衷的愉快與感激，感激什麼呢？沒有特定對象，就是這路線的巧妙安排、一路上萬物生靈的滋潤，以及自己還保有能體會自然美感的自在心靈吧！

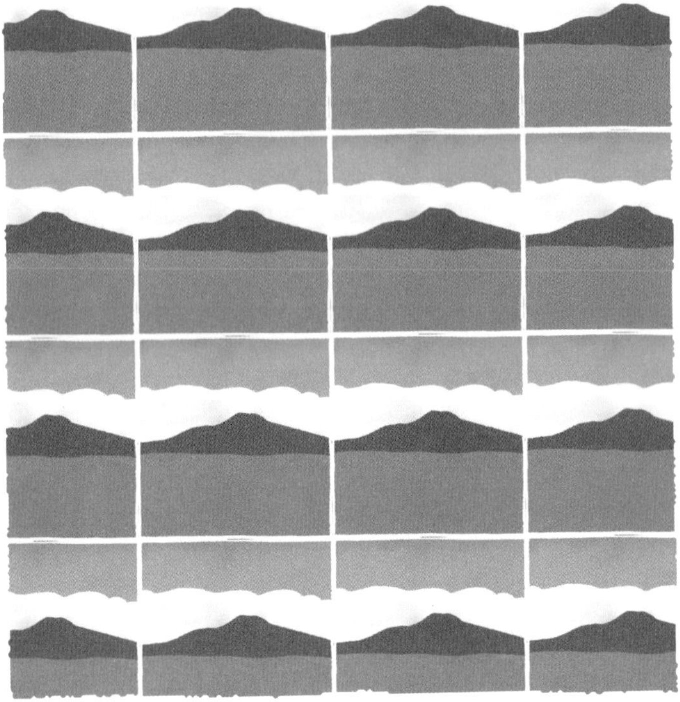

設計師 · 林匯芳

我看山的模樣

不期而遇的風景，就像打開禮物盒一樣驚喜。

火車行駛著，半夢半醒間睜開眼，映入眼簾的都是山。

接續不斷的藍天，線條忽高忽低的山巒曲線，看起來也好像旅行結束後洗出來一幀幀重複的底片。

呆看窗外連綿的山，從城市裡帶出來的緊繃身軀，好像原本皺皺的茶葉，在水中緩慢開展。

撫摸鯊魚

在人們的印象中，鯊魚是可怕、嗜血、具有強烈攻擊性的凶猛生物。沒辦法，誰叫史蒂芬．史匹柏（*Steven Spielberg*）電影裡塑造的大白鯊印象太深植人心。也因此，當我看到一群鯊魚竟能圍在一位女性科學家的身邊旋轉共舞，那畫面才令我如此印象深刻。

我很愛看「動物星球」（Animal Planet）頻道，有一天電視上播出「鯊魚特輯」，採訪一位研究鯊魚行為數十年的女性科學家。她畢生致力於保育鯊魚、為鯊魚闢謠，向人們解釋鯊魚並非如電影裡所描繪的那般凶殘。

科學家對她所熟悉海域裡的鯊魚如數家珍，甚至能辨識牠們的特徵，為牠們取名字。鯊魚也似乎認得她，鏡頭跟著她潛入海底，鯊魚彷彿看到老朋友般紛紛聚過來，在她周圍緩緩繞圈，並無任何躁動。神奇的事情來了，有幾隻鯊魚把鼻子湊近科學家，她伸出手，輕柔撫摸牠們的口鼻，鯊魚們彷彿進入一種舒服地催眠狀態，紛紛在她身邊靜止、漂浮。

科學家說，她撫摸的部位叫「羅倫氏壺腹」（Ampullae of Lorenzini），是軟骨魚類特有的器官，能夠敏銳地感受到電流變化，讓牠們在黑暗混濁的海水中仍能尋找獵物。原本是為了生存與獵殺而存在的器官，沒想到當人類伸出雙手撫摸，鯊魚竟體驗到前所未有的感受，才知道原來撫摸是一件這麼愉悅舒服的事。這真是宇宙間兩種生物最神祕、最令人感動的相遇。

除了人類，不大有任何生物能與鯊魚產生這種互動。撫摸鯊魚，讓鯊魚在人類的雙手底下靜止，這個認知讓我十分震撼，也更深刻體會到，人類擁有對於其他生物超乎想像的影響力。

人類的雙手，明明可以對生物如此溫柔呵護，但相同的雙手，也對牠們趕盡殺絕。人類搶奪野生動物的棲地，人類對動物濫捕濫抓，人類活動造成全球暖化，旱災、洪水、野火輪番發生……間接導致野生動物消失。

鯊魚已存在地球上四億年，甚至比恐龍還古老，經歷地球歷史上的多次物種大滅絕，仍然存活至今，牠們的構造早已演化得無比精良、強壯。即使如此，每年仍然有一億隻左右的鯊魚遭到人類屠殺。牠們會在智人的世代滅絕嗎？我不願去想像。

電視裡的攝影鏡頭緩緩拉遠，數十隻鯊魚彷彿排練好一般，圍著科學家慢慢游動，那畫面如夢似幻、不可思議，卻也令我感到無比悲傷……

但我十分敬佩那位科學家，她是海中的珍．古德（Jane Goodall），縱使她的力量在大海中顯得如此微不足道，仍堅持信念，為鯊魚展開溫柔而強大的行動。每當我對人性感到沮喪失望，總會看看這些擁有高貴情懷的人類，他們總讓我知道，善良就是一種身而為人的選擇，即使成功與否無法操之在我，但我們能選擇為自己的信念行動。

真正的信念就是，就算知道不一定能成功，還是願意捨身嘗試，雖千萬人吾往矣。

在我痛惡人類之惡的同時，卻也是人類的善，讓我深深感動。

設計師 · 應品萱

我眼裡的海

海的顏色是什麼呢？

水本應透明純淨無色，但海不僅是由水組成，還有各種生命、各種物質、海底的深度起伏變化等，都會折射不同光線。天氣也會影響海的顏色，陰天時的海有如濃墨渲染，晴天時的海像人魚不小心打翻金粉顏料……

看起來只是水而已，樣貌卻能千變萬化，或許這是海要告訴我們的話。人的樣貌和可能性變換無窮，值得我們探索。

生態恐怖主義

我在《樹冠上》（*The Overstory*）這本小說中第一次認識到「生態恐怖主義」（Eco-terrorism）這個詞，內心受到強烈震動。

這是一部本身就宛如巨木般氣度恢宏的環保主義小說，由一場逐漸組織起來的「護樹行動」作為故事線，書裡的人類角色在他們各自的生命中，都有與樹木產生的生命經驗與連結，如越戰時被樹木所救的退役士兵、畢生研究樹木溝通方式的科學家、能聽見樹木靈性召喚的女學生……

這群人代表普羅大眾中感知到生態環境危機的覺醒者，只是他們採取不同做法，試圖影響更多的人類。其中一群走在護樹行動最前線的角色，本來企圖以較溫和的「坐樹」（Tree Sitting）方式，阻止美國最後一片原生紅杉林被砍伐殆盡，但最終仍不敵商業與政治聯手的力量，使他們憤而轉向激進行動，破壞伐木公司的商業設施，甚至以犧牲自己的生命為代價，尋求喚醒大眾對其訴求的重視。

故事是虛構的，但「生態恐怖主義」確實存在。這個世界上有一群人對於溫和改變世界、等待眾人覺醒的漫長過程已深感絕望，決定以更具有破壞性、更能引發關注度的方式，實踐他們的理想。

研究生態恐怖主義時，我腦海中不斷浮現漫威電影《復仇者聯盟》（*The Avengers*）裡的大反派薩諾斯（Thanos）。對我來說，他可能是有史以來「邪惡主張」最具有說服力的反派角色，也可能是以「生態恐怖分子」為靈感的角色設計。薩諾斯的瘋狂理想，是讓負載過量的宇宙有一半的生命消失，剩下的生物才有足夠的資源繼續生存。你可以痛恨他強行剝奪了其他生命的權利，卻無法完全否定他的主張有其道理。我很佩服一部高度娛樂導向的英雄電影，竟能提出了一個這麼有深度的角色觀點，讓人們得以產生反思。

除了電影中的薩諾斯，回到現實生活中，大部分生態恐怖主義者傾向破壞的對象，大多是商用設施、工廠、相關利益人士的財產，並非直接對「人」展開攻擊。且他們也要在行動後，面臨相關法律的制裁。最知名的生態恐怖主義代表，應該是美國的「海洋看守協會」（Sea Shepherd），坦白說，我實在不願用恐怖主義者來定位他們，他們只是行動比較激進、對海洋資源掠奪者採取實際阻擋行動的理念捍衛者。

海洋看守協會的創辦人保羅・沃森（Paul Watson），其實也是環保組織「綠色和平」（Green Peace）的早期成員之一，因認為要阻止商業團體對海豹、鯨魚的無情獵殺，只有溫和倡議是不夠的，所以跳出來籌組了海洋看守協會。這個主張受到許多人支持，讓他們得以擁有實質的船艦資源在各地巡航，對抗獵捕鯨豚、海豹的商業團體與政府。

美國的動物星球頻道甚至以媒體之力給他們強而有力的支持，將他們從二〇〇八年展開的南極護鯨行動拍成實境節目「護鯨大戰」（Whale Wars），每週固定向全世界觀眾放送他們對抗日本捕鯨船的真實情況。

這毫無疑問是個具有拍攝危險性的實境節目，但我們也才得以了解為何他們的理念是「直接行動」。當鏡頭跟著他們的小直升機，在孤冷、遙遠的南極大洋中尋找捕鯨船的蹤跡時，身為觀眾就會明白他們的無力與焦急。

溫和的倡議，如何能傳到這世界的盡頭？

無形的聲音，如何阻止捕鯨船的魚叉插入鯨魚的背脊？

同時，我們也看到他們在阻擋行動中的克制與妥協，面對擁有更精良偵測與武力裝備的捕鯨船，他們使用的武器是向捕鯨船丟擲「丁酸」——腐敗的奶油，具有強烈臭味。為的是要讓被捕的鯨魚沾染氣味而不能販售。

在過去的對抗歷史中，他們也曾向「敵人」投擲巧克力派和檸檬派。畢竟一連串行動的目的，最終還是要引發社會大眾的同情和輿論支持。

面對能輕易以各種獵捕武器取走動物性命的人類同胞，除了奶油、巧克力派和檸檬派，這些「恐怖主義者」不能再丟擲更有殺傷力的東西了。

這其中的荒謬性，每每想起，總令我無語。

對這世界來說，究竟誰才是恐怖主義者？

設計師・陳姵樺

積水成海

當地球暖化（Climate Change）來到地球沸騰（Global Boiling）的時代，我們要如何做才能力挽狂瀾？是否還能秉持信心，繼續為環境永續而努力？

有時這令人感到沮喪，對比世界的龐大變化，每個行動看來力量都很微小，宛如一滴水、一粒沙。

但海洋不就是一點一滴的水滴而形成？行動雖小，更多人參與，就能產生巨大力量。

積水成海，這是信念，也是遠景。我們選擇相信，也必須相信。

PART 7

尋常生活的不尋常之美

儘管生活裡的多數物事都一成不變，
但我們可以改變觀看視角，
即使來來去去皆是同一條路，
也總能持續發現樂趣。

換盆記

我喜歡種植物，但其實不是稱職的綠手指。在我的觀念中，所有生物生存的法則都是一樣的：陽光、空氣、水、土壤。只要有這四元素，生命自會找到出路。

我的陽台陽光充足，只要記得給水，植物們大多能順利活下來，只是照養方式採取粗放，它們活得非常狂野無序，與雜草混生。

有次家裡來了一位園藝專家朋友，我拉開陽台窗簾，得意地向她展示我這個野蠻生長的陽台：「你看！大家都長得很有個性喔！」卻見她歪頭皺眉，雙眼來回審視。

「你這裡所有的植物都太擠了啦！尤其是這棵鹿角蕨……」朋友提起一顆顯然長得過度茂盛的鹿角蕨，側芽幾乎與母株一般大。

「這個要分株了喔！有工具嗎？我來幫你分吧。」

朋友宛如過路的俠士，義薄雲天地開了金口。我恭敬不如從命，趕緊搬來桌子、照明燈、花剪、培養土、水苔，布置起一個臨時的園藝手術台。

那顆鹿角蕨被她手上的工具俐落施劃幾筆後，瞬間從一顆變四顆，綁上新飾板，以分家重生的舒服狀態搖曳生姿。此時我彷彿聽見陽台上其他植物都從沉睡中清醒過來，紛紛呼喚著：「換我！換我！」

俗人如我都能聽見植物的心聲，更何況是園藝專家。

朋友嘆口氣，決定把俠義精神發揮到底。她重新綁起馬尾，捲起袖子，穿上圍裙，指揮我升級工作區。我搬來廢置於家中角落多時的各式盆器、土石、水桶，一個小型的植物野地醫院就此搭建完畢。我從主人變助手，一切聽從俠醫吩咐。

一盆積水鳳梨原來早已長出五個分株，得安放到五個新盆中；小葉桑委屈地長在蔓綠絨旁邊，也各需一處新居；曾經枯死又復活的黃金葛，枯枝和新枝在盆中交錯生長，看來雜亂無章，都該被重新安置；早已爆盆的各式多肉植物，是時候分株栽種；張牙舞爪的龜背芋必須修剪枝條，整理成亭亭玉立的樣子；虛葉徒長的薄荷也重種重生……

看俠醫換盆，說是手術，更像藝術。飛揚的塵土在陽台周圍形成莊嚴的光暈，襯托著她的俠士義舉。刀光劍影中，犀利眼神〇・一秒即能判斷手下植物去留，或修剪，或分株，或填土，或捨棄。

歷經一個下午的手術搶救之後，天色完全昏暗，僅剩一盞陽台燈照明。萬物歸於寂靜，眾生在戰場煙硝退去後重生。俠醫臉上的表情有種完成救援任務的滿足與釋然，她默默收拾著道具，這個臨時搭建的野地醫院也可以功成身退了。

「這個送你。」

朋友不知何時用剪下的花草綁了一個雅緻的小花束，救命之餘還能不忘風雅，我對這位園藝專家佩服得五體投地。

她把花交給我，放下馬尾甩甩髮，拎起整理好的一袋工具，瀟灑進屋。

我像個剛獲得新領地的國王向她連聲道謝，望著剛經歷一場救援戰役、偃兵息鼓的陽台，感到任重道遠。
是啊，俠士遠去後，經世治國的任務，才正要展開。

設計師 · 李珍妮

雜草
也美

有時是這樣，精心照料的花草一夕枯萎，不請自來的雜草一夜橫生。即使如此，面對恣意生長的雜草，心裡卻不想拔掉它，希望讓野生的美，自然發生，自然存在。

無論什麼原因到來設計師的陽台，各式各樣的植物們順其自然，其實都能和平共處，每個長在土裡的生命都有其意義。

屋頂上

屋頂是一個有趣的空間，它距離多數人的日常起居空間並不遠，卻又特別遺世獨立。

我很尊敬的攝影師前輩陳敏佳，在二〇一三年出版攝影集《屋頂上》，就是看到這個城市角落的獨特定位與氣質。他用屋頂「被遺忘」的特質來襯托他的攝影對象——三十六位「有夢想、有個性」的朋友。

台灣的屋頂經常是個被大家放棄的場所，自屋頂俯瞰，便能將城市雜亂無章的真實面貌一覽無遺，但將這些奮鬥不懈的夢想家放上屋頂拍攝，益發彰顯他們即使身處角落，也堅定實踐理想的韌性與可愛。

在前輩的眼中，屋頂可以用來襯托夢想的閃閃發亮，但我覺得屋頂對創作者來說，更實際的功能是承載那些還不夠強壯，需要一點保護或一點安全感的夢想。

我和美術系的大學同學會一起「借用」系館投影機，在某個人家的頂樓辦起屬於小圈圈文藝青年的影展。當年的我們各自懷抱宏大的文藝夢，只是誰也還沒有跨出第一步的能力與勇氣，只能先在屋頂上放映電影，想像自己未來的振翅高飛。

各地的藝術家大概都曾經歷過屋頂上發夢的時刻吧！某次去日本新認識一位從事藝術創作的朋友，話聊得投機，她就說要帶我去她的祕密基地，一溜煙順著水塔梯子爬上工作室的屋頂。她抬頭望著星星，說她常會在這邊幫作品拍照、抽菸、放空。她已經安排了要去東京發展的計畫，不知到時東京的工作室有沒有這種屋頂……

這麼想起來，屋頂似乎也常在電影中和夢想產生連結。例如在《曼哈頓戀習曲》（*Begin Again*）裡，女主角的雜牌軍樂團沒有自己的錄音室，打算在紐約的各個角落錄音，也順便錄下屬於紐約的聲音，選中的其中一個地點就在大樓屋頂上。當他們熱烈錄音時，另一棟大樓傳來破口大罵的聲音：

「關掉你們的爛音樂，我要叫警察了！」但音樂並未停止，他們堅持繼續錄製，直到這首歌完成，然後趕快收拾樂器，跑給警察追。

我也喜歡在電影《美味關係》（*Julie & Julia*）最後的那場屋頂饗宴。女主角茱莉（Julie）為了擺脫一成不變的生活，於是給自己一個目標，效法傳奇廚師茱莉雅．柴爾德（Julia Child）的法菜食譜，並把學習過程記錄於部落格上。茱莉一度以為自己想要成名，但成名的代價讓她開始思考什麼才是自己想要的人生。其實料理並不是她真正的夢想，料理只是她肯定自我、感受自己能愛人與被愛的途徑。電影的結尾，她穿過屋內的小窗，來到開闊的頂樓，為她的家人朋友舉辦晚宴，她同時也完成了一年五二四道料理的計畫，感到心滿意足。

我喜歡這部電影詮釋關於夢想的另一種樣子，不是非要天高地闊的翱翔才叫夢想，夢想也可以是這麼近在眼前的樣貌。

無論我們渴望哪種夢想樣貌，或仍在追尋夢想的路途上，屋頂永遠是個讓我們可以短暫休息、梳理羽翼的好處所。

設計師 · 林匯芳

不專業的鐵皮色彩觀察

台灣最常見的建築風景之一，就是鐵皮屋。也許很多人認為市容因此而雜亂，但如果從創意的角度來看，也能瞧見有趣的美感啟發。

比如色彩，褪色的青蘋果綠、日晒後的奶油色、刻有歷史痕跡的磚紅鏽蝕等，各色並陳的鐵皮，就是城市裡另類的色塊拼貼風景。

透過觀察與想像，永遠能看見平凡景色裡的不凡視角。

招待朋友

現在和朋友約吃飯，我已很少選外面的餐廳，大部分都約到家裡來。

主要是覺得，在台北吃飯真是愈來愈貴了！何況菜色不一定合意、空間不一定舒適、服務不一定周到、酒水不一定充足、音樂不一定好聽……太多理由讓我對「在外頭吃飯」感到卻步，乾脆親自下廚招待朋友吧！

之前看過一位常駐台灣的瑞典（YouTuber）提到，在瑞典只有「邀請到家裡吃過飯」的人，才會定義為「朋友」。身為台灣人，我當時心想「瑞典人對朋友的定義還真嚴格」，不過話又說回來，我願意約什麼樣的人到家裡來吃飯呢？一定是能夠交心的人吧。

我願意對你敞開我家大門，也代表我願意將自己最私密、原本、毫不掩飾的面貌，在你面前坦誠。我會穿著室內拖在你面前走來走去；我會讓你看見我書架上的書、冰箱裡的食物、牆上的相片，甚至是廁所裡的牙刷；我會讓你從我的居家生活更了解真實的我……若非我如此信任你，我怎會在你面前毫無防備地袒露自我，仍感到隨興自在？

這樣想來，瑞典人和朋友的關係，想必是非常親近而緊密的吧，也許沒有四海之內皆兄弟的豪氣，但應該更能將友誼和時間傾注在對的人身上。

而我喜歡在家裡招待朋友，還有另一個原因，是因為我熱愛嘗試不同的料理。

我本來的飲食口味就很多元，對於異國料理更來者不拒，不僅會把握出國時大肆蒐集食材和香料，也喜歡在台灣逛食材行、超市，看到什麼新鮮貨就會買。

泰式酸辣海鮮湯、打抛豬、印度瑪撒拉咖哩、西班牙海鮮飯、日式野菇炊飯、義大利獵人燉雞……就算不是異國料理，我也愛做紅燒牛腩、麻婆豆腐、梅干扣肉、鹹水雞。這些食物往往一做就是一大鍋、一大盤，自己品嘗兩餐大概就會覺得膩，不如與朋友分享。

我還喜歡設計菜單，根據當季食材，還有我對朋友的了解，設計專屬於他的菜色。

遇上吃素的朋友，我準備的是鹹蛋杏鮑菇、浸煮茄子、櫛瓜烘蛋、胡麻豆腐。

喜歡西式口味的朋友，我做白酒蛤蜊義大利麵和烤松露布里起司。

有朋友從日本來，我做酸辣湯和滷肉飯。

有時也會「凸槌」，不吃辣的朋友我卻記成他愛吃辣，做了一大桌泰風辣菜，朋友名符其實地「啼笑皆非」。還有一次，從美國回來的朋友帶著小兒到訪，我以為孩子喜歡軟軟的食物，煮了一鍋皮蛋瘦肉粥，沒料到小兒唯一不吃的就是粥，幸好對台灣味心心念念的朋友倒吃得很開心。

其實我的廚藝一點也不好，不僅不諳火侯掌握，刀功也甚為拙劣，但我懂得選擇適合我做的料理，燉煮類、拌炒類為首選；能用烤箱和大同電鍋搞定的也是上乘；食材只要當季、新鮮，把握調味分量，基本上就不會出錯。

餐具和餐桌的布置搭配也是樂趣，食物口味或許差強人意，但作為美感工作者，擺盤才是勝負關鍵哪！平日裡蒐集的杯盤碗筷，都在請客吃飯時派上用場。鋪上五顏六色的桌巾，點上蠟燭，插一束花，擺好酒杯，空間裡流瀉著輕快的爵士或沙發音樂……

叮咚！

門鈴響了，我歡喜開門：「歡迎光臨！」

設計師・應品萱

祝你
蘋安健康

如果想對他人表達關心，想送上一份平安健康的美好寓意，不妨選擇蘋果。

無論中西方，蘋果都有珍重的寓意。中文裡，蘋果象徵「平安」，西方的蘋果象徵「健康」。每咬一口蘋果，都彷彿吃下平安健康。

送你一顆蘋果，是我對你平安健康的祝福。

路樹

台灣大概不算四季分明的地方，植物的季節變化不若高緯度國家多，但如果我們仔細觀察，依然可以從路樹的變化中讀到季節的消息。

我每天搭捷運上下班，幾乎天天觀察捷運站周邊的樹，經過一排小葉欖仁樹下，內心自詡為小葉欖仁的路上觀察家。小葉欖仁在夏天的時候翠綠茂密，但冬天就會掉葉子。最令人怦然心動的時刻，則是在一整個灰暗蒼白的冬季過後，有天忽然發現，光禿了很長一段時間的小葉欖仁枝頭，忽然吐出可愛的鮮綠嫩芽。那時我就知道：春天來了！

那抹鮮綠接下來就像一滴神奇的水彩顏料，開始將整個街景當作畫布，渲染出春天的顏色來。

春天的路樹景觀，就更多采多姿了。雖然不若日本春季的櫻花盛況，我仍然偏愛家裡附近一排固定在早春開放的緋紅山櫻花。而近年認識愈來愈多樹的名字以後，才注意到原來身邊其實不少會開花的樹，淡粉紅的花旗木、深粉紅的羊蹄甲、亮紫色的大花紫薇、淡粉紫的苦楝樹……幾乎從春天就會開始接力盛開。

至於我私心最愛的，還是台灣南部的開花街景。當時序進入夏季，南部豐盛的陽光為路樹帶來最充沛的開花能量。當北部的雞蛋花仍在緩慢甦醒時，南部的雞蛋花已全力綻放。黃澄澄的阿勃勒（此為訛稱，其實應該叫「阿勒勃」）和黃花風鈴木、火紅色的鳳凰木、豔紫紅的九重葛，襯著明亮晴朗的藍天輪流盛放，街道的色彩因為這些路樹而顯得繽紛濃麗，宛若油畫。

我想起以前讀台灣美術史，日治時期將西洋畫知識帶來台灣的日本畫家們原本多畫水彩，然而他們來到台灣以後，所見景觀、色彩皆與北國日本大異其趣，恬淡的水彩不見得能表現南國台灣的生命力，因此也有不少畫家改以油彩描繪台灣。

秋天的街景則由欒樹作為主色調。欒樹是台灣的原生樹種，幾乎全島都有生長，約莫中秋前後，會在綠葉上開出一片金黃花海，因此它還有個很美的英文名字叫「金雨樹」（Golden-rain Tree）。人們可以從這浪漫的名字想像它下起金花雨的樣子⋯⋯

隨著金花漸漸掉落，黃色的層次上會再慢慢堆疊出一層深玫紅，那是欒樹的蒴果。到了深秋，無論綠葉還是紅果，統統都會轉成乾枯的深褐。此時冷風也會漸強，宣告蕭瑟單調的冬日悄悄到來。

因為對這些路樹的觀察，讓我對每天走過的街景都有所期待。「靈感來自生活」，指的並非生活多麼豐富刺激；相反的，應該是我們有多擅長從生活中「發現」不同。我們需要的是一雙樂於觀察的眼睛，以及能覺察到環境變化的心靈。

如果覺得生活乏味，不妨先從觀察一棵路樹的變化開始。

設計師 · 應品萱

與春天的花朵約定

春天盛開的繁花，宛如送別冬日的祭典。

這幅畫是設計師和家人的春天約定，當自家樓下的櫻花樹盛開時，全家人要相約一起去賞花。花期將過，再揀起落下的櫻花，保存專屬每一年的花瓣，好好珍藏。

滿開的櫻花是春的盛典，為自己的生活製造屬於季節變化的約定，儀式感讓日子更特別、更有意義。

公車視角

我出門多半搭乘大眾運輸工具，不趕時間時，其實滿喜歡搭公車。以公車才有的高度來觀察城市，即使是熟悉的路線，也往往有不一樣的發現。

雖然「窺視」好像是有點負面的詞，但公車視角最有趣的，就是微妙的「窺視感」。

我最喜歡的座位，是最後一排靠窗的位置。若從車窗往下俯視一輛輛行經的車子，幾乎都可以清楚看到駕駛座的樣貌。有輛車外表陳舊，但駕駛座非常乾淨；有輛車的擋風板下幾乎擺滿了絨毛娃娃；有輛小車竟然在後照鏡下掛了這麼大一串的玉蘭花……每一輛經過的車子，都承載著與我截然不同的人生。

我也從公車的位置居高臨下，觀察著每個擋風板下的駕駛，想像他們正在經歷什麼樣的人生片刻。有人對著副駕駛座，一路上談笑風生；有人表情凝重，講著彷彿人生中最重要的一通電話；有人只是兩眼無神，木然地往前開去……

我想起某些小說的寫法，裡面的角色各自擁有看似不相干的人生，但往往會在某個神祕的時間點上交會，產生有意義的連結。我們說不定是同一本小說裡的角色呢！有時我的腦袋裡會這樣幻想著。

如果不往下看人，而是往兩旁平視，也十分有趣。坐在台灣公車裡的高度，大約是半層樓高，經常能看到掉在遮雨棚上的各種物品，或店面招牌夾縫間竄生的小植物，一晃眼，我還發現一隻行走在屋簷上的貓！

在倫敦搭雙層巴士的時候，視角幾乎與二樓平視，往窗外看時，彷彿參與了人們的私密生活。有兩個男人靠著陽台欄杆，邊抽菸邊聊天；咖啡店二樓落地窗邊有人戴著耳機閱讀，我和他腳邊的狗兒兩眼對視；一位老太太正在修剪露台花圃上過於茂密的枝葉；一位在窗台邊的孩子注意到我，我對他揮手打招呼……雙層巴士載著我經過無數家戶，我則想像自己同時穿越了無數流動的故事。

小時候，我最常從老師那裡獲得的評語是「想像力豐富」。回憶起來，自己的確是個愛幻想、愛編故事的孩子。高中時看了法國電影《艾蜜莉的異想世界》（*Amélie*），我發現幻想真的能把平凡的生活變有趣。電影裡的主角艾蜜莉（*Amélie*）日復一日生活在一個小小的街區裡，但憑藉奇妙視角與想像力，她讓看似無聊的生活，有了專屬於她的獨特意義。

儘管生活裡的多數物事都一成不變，但我們可以改變觀看視角，加入幻想觀點，即使來來去去皆是同一條路，也總能持續發現樂趣。

設計師 · 應品萱

雨天開心攻略

看見下雨，就等於「啊，可以待在家做各種療癒耍廢的事了」！

下雨的假日裡，首選行程是睡午覺，聽著外面狂風暴雨的聲音，似乎特別助眠。起床的時候再來個熱茶甜點搭配影集，自己就是這世界上最幸福的人了。

雨天往窗外望，對面山頭的雲愈來愈低，房子慢慢埋進雲朵裡。這時候手中握著一杯暖暖熱茶，應該就能把內心的太陽召喚回來吧！

街頭藝人

在離我家最近的捷運站，晚上偶爾會有一位坐在輪椅上的大叔級街頭藝人表演口琴。

會注意到他，是因為從沒聽過這麼優美的口琴聲。大叔的音準很好，吹的不是那種迎合時下流行的音樂，大多是我媽媽那個年代的台語小調，一些我曾經很熟悉，但已經很久沒聽到的歌，是能讓人聽見飽滿情感的表演，如泣如訴。

大叔占據的位置也很特別，離捷運出入口有一段彷彿刻意保持的距離，不是人潮會自然經過的地段，而且總背對著人流，有股傲然而立的骨氣。若路人想打賞，還得刻意繞到他的位置去。他見你打賞，眼睛會露出笑意，但不會停止吹奏，僅揚起一隻手，揮了揮致謝。

有些街頭藝人的表演技術，不亞於殿堂級的演出，甚至他們平常可能就是穿梭舞台的專業表演者，只是因為生計，或純粹喜歡與觀眾的親近感，於是選擇在戶外表演。

台北有許多地方都能見到高水準的街頭藝人表演，在華山文創園區、西門町、信義區的百貨大樓之間，使出特技、雜耍、熱舞、魔術等看家本領。他們通常擅長與群眾互動，大人小孩都被逗弄得哈哈大笑，由衷體會藝術的樂趣，有時還會有觀眾按捺不住內心的表演欲，忘情地加入街頭藝人的演出當中……

我有次在倫敦的特拉法加廣場被手碟表演的聲音吸引，加入圍觀人群，才發現原來不只是手碟表演，還有一位女舞者在現場即興舞蹈。她跟著手碟神祕空靈又深具感染力的聲音，盡情伸展四肢，旋轉、扭動、蹲低、輕跳，完全是一場專業的舞蹈表演。只是這名舞者和手碟演奏者的距離有點遠，或許是為了刻意創造戶外藝術的空間疏離美感吧……我玩味著此等距離的藝術意義，但大約十多分鐘後，這位舞者倏然停下腳步，拿起包包，若無其事地離去，留下一群驚訝的民眾。原來一切只是我多心，女舞者也只是過路客。

露天表演的收入來自觀眾打賞，通常我也很樂意付出金錢鼓勵街頭表演者。畢竟他們的存在，是冷硬的城市場景中，一抹難得的藝術柔光。

極少數我曾忍下心中打賞的念頭，是疫情前到訪的巴黎。那時的巴黎街頭比起往年又有更多無家者、難民，而他們之中有許多人其實都身懷絕技。一位身形消瘦的白髮老太太，滄桑地唱著《玫瑰人生》（La Vie En Rose）；還有中東臉孔的一家三口，由少年領唱，父親伴奏，母親微笑著拿帽子向路人求打賞……

那是我對藝術最狠心的時刻，我垂下眼睛，假裝自己沒聽懂、沒看見。「千萬不能給，給了就被盯上了……」內心對自己諄諄教誨，其實心痛不已。

在時代的冷酷防備底下，連最微小的溫柔都可能被抹煞。

每每思及此，都讓我更想抓緊假日在台北街頭就有舞蹈可看、夜間有口琴聲迎接我回家的幸福。

設計師 · 林匯芳

我與音樂與舞

成年以後的祕密基地，可以在音樂裡尋找。沉浸在一人的音樂世界裡，才能看見自己身軀擺動的樣子。

畫面中，以較暗灰的背景搭配粉色線條描繪昏暗房間裡的微光，記錄在這樣的空間、節奏和旋律下跳舞的魔幻時光。

在這個空間裡，將自己暫時交給音樂與舞，似乎一切都無所謂了。

菜市場

看慣了在整潔有序環境裡陳列的蔬果生鮮，有時似乎會產生錯覺：怎麼這些番茄、蘿蔔、青菜看起來，與隔幾個走道遠的清潔劑、罐頭、器皿並無二致？

這是超市的方便之處，讓所有的物品在這裡一目了然、便於挑選，但像蔬果、蔥蒜這般會散發氣味的食材，被層層保鮮膜、塑膠盒包裹後，彷彿也隔絕了它們吐露生命的氣息。

菜市場裡則不然，熙來攘往的顧客固然人聲鼎沸，但我總覺得菜攤上的生鮮蔬果們散發的能量也不遑多讓，各路食材簡直像共演一場嘈雜不同調的奏鳴曲。

無論是圓胖紅潤的蕃茄、粗壯碧綠的青蔥、鮮嫩茂密的葉菜，或紫到黑亮的茄子，成排成堆聚在菜攤上，個個肥碩飽滿，生命力旺盛。似乎能感覺到這些蔬果曾奮力抓住從土地、日照、雨露裡吸取的養分，充分貯藏在自己的身體裡。

在市場遇見它們，讓我聯想起日本電影《小森食光》的情節，女主角與母親離散後，決定獨自住在農村裡。一年四季，靠自己的雙手種植各種農作物，甚至進山裡採摘季節性的野菜，做出記憶中母親遺留的味道。

番茄醬、栗子飯、米麴氣泡酒、地瓜乾……電影裡讓人最滿足的橋段，絕對是女主角在田園裡採摘某項作物後，要不直接帶到廚房清洗，要不根據食材特性，將之剝皮、風乾、醃漬處理，並在適當的時機做成最能凸顯食材原味的料理。

因為受《小森食光》啟發，往後的日子，我總會興起冬天應做草莓醬，或是春天就該釀梅酒的念頭。在當季保存食物的最佳能量，對我來說就像把這些珍果收進季節的珠寶盒一般。

電影透過食材，暗喻人心的療癒需要時間與來自大地的能量。大自然向來樂意慷慨給予，以生命修復生命。

只是這股能量，會隨著食材離土地愈遠而遞減吧？因此我總盡量讓自己多多上菜場，直接感受食材生命力，或幻想自己有一天直接住到田園裡，以最短距離的餐桌筵席，享受飽含大地能量的滋味。

設計師 · 陳姵樺

神奇的自然療癒

你是山派還是海派呢？在台灣的我們如此幸運，不論需要山的撫慰還是海風的輕拍，都能夠在半天內到達，有一場與自然的約會。

享用土地的滋養，體會流水的療癒。大自然擁有神奇的力量，只要我們愈親近，獲得的能量就愈多。

生活的花色

42件在地生長的美感物事

作者——沈奕妤、印花樂

資深編輯——陳嬿守
美術設計——王瓊瑤
行銷企劃——鍾曼靈
出版一部總編輯暨總監——王明雪

發行人——王榮文
出版發行——遠流出版事業股份有限公司
地址——104005 台北市中山北路一段 11 號 13 樓
電話——02-2571-0297
傳真——02-2571-0197
郵撥——0189456-1
著作權顧問——蕭雄淋律師

2023 年 12 月 1 日 初版一刷
定價——新台幣 420 元
（缺頁或破損的書，請寄回更換）

ISBN —— 978-626-361-392-8

YL 遠流博識網
http://www.ylib.com
E-mail: ylib@ylib.com
遠流粉絲團
www.facebook.com/ylibfans

國家圖書館出版品預行編目 (CIP) 資料

生活的花色：42 件在地生長的美感物事 / 沈奕妤，印花樂著．-- 初版．-- 臺北市：遠流出版事業股份有限公司，2023.12

面；　公分

ISBN 978-626-361-392-8(平裝)

863.55　　112018575